小学館文庫

人情江戸飛脚　月踊り

坂岡 真

小学館

目次

上には上

一

浅草でも大きな海苔《のり》屋「浜庄《はましょう》」のお内儀《かみ》は四十年増《としま》、家鴨《あひる》のようにひょこひょこ歩く。

身持ちは堅いとの評判だが、そうした手合いほど男に騙《だま》されやすい。

長年の勘でわかる。

おおかた、相手は役者くずれの女誑《たら》しか、賽子《さいころ》いじりの好きな如何物師《いかものし》か、どっちにしろ裕福な年増の財布を狙《ねら》う小悪党にまちがいない。

依頼主の亭主に間男の素姓を教えてやれば、それだけで一両にはなる。

「不幸の届け賃が一両、あとは野となれ山となれ」

亭主に離縁されようが、刃傷沙汰《にんじょうざた》になろうが、知ったこっちゃない。影聞《かげき》きってな気楽な商売だぜと、伝次《でんじ》はあらためておもった。

海苔屋のお内儀は吾妻橋《あずまばし》の東詰めから、墨堤を北に向かった。

如月《きさらぎ》のはじめといえば出稼ぎ奉公人の出代わり、名残《なごり》惜しそうに墨堤を散策しているのは田舎に帰る椋鳥《むくどり》たちだ。

つい先日、虫起こしの雷が鳴った。

梅は咲いたが、桜の蕾《つぼみ》はまだ固い。

雪解けで嵩《かさ》の増した大川を、川並《かわなみ》たちの操る筏《いかだ》が流れてゆく。

筏と行きちがう乗合船は、待乳山《まっちやま》の渡しから漕《こ》ぎだしたものだろう。

今日は朝からよく晴れた。望月《もちづき》の涅槃会《ねはんえ》までは牡丹雪《ぼたんゆき》がちらつくこともあり、江戸の陽気はまだ定まらぬものの、暖かい春は着実に近づいている。

——ちりん、ちりん。

お内儀の背中にのんびり従《つ》いてゆくと、耳心地のよい鈴音が聞こえてきた。

振りむけば、町飛脚が渋墨に塗られた葛籠《つづら》を担ぎ、一直線に駈《か》けてくる。

尻に褌《ふんどし》を食いこませ、えっさほいさと掛け声も勇ましい。

「兎屋《うさぎや》の若え衆《し》だな」

伝次は悪戯心《いたずら》を起こし、ひょいと右足を差しだした。

「あらよっと」

飛脚は蛙《かえる》跳びに跳びこえ、振りむきざま、にっと歯をみせる。

「へへ、短え足にゃ引っかからねえよ」

ずいぶんと顎《あご》の長い男だ。

「おめえ、影聞きの伝次だろう。悋気《りんき》の強え亭主に頼まれ、女房の尻を嗅《か》ぎまわる。けちなどぶ鼠《ねずみ》だろうが」

「あご野郎め、さっさと行っちまえ」

「行くともさ、へっつい河岸《かし》の兎屋から庵崎《いおさき》の木母寺《もくぼじ》まで、急ぎの報《しら》せは百文だ。こんなところで油を売っちゃいられねえ」

あごは尻のほっぺたをぴしゃりと叩《たた》き、土埃《つちぼこり》を巻きあげる。

お内儀はとみれば、あいかわらず、ひょこひょこ歩いていた。

が、いつのまにか、御高祖《おこそ》頭巾で頭を包んでいる。

「そろそろだな」

おもったとおり、お内儀は横道に逸《そ》れ、三囲稲荷《みめぐりいなり》の鳥居をくぐった。

参道のさきか、本殿の裏手か、どこかで男が待っているはずだ。

ここから先は慎重になるにかぎる。気づかれたら元も子もない。

お内儀は本殿につづく石段を登り、賽銭《さいせん》を投げて柏手《かしわで》を打った。ついでに、参道脇に控えた白狐《びやっこ》の石像も熱心に拝んでみせたが、よくみれば狐《きつね》は鼻が欠けている。

お内儀は祈りを済ませ、滑るように本殿の裏手へ廻《まわ》り、注連縄《しめなわ》の巻かれた大杉の根元に歩みよった。

「おまえさん、おまえさん」

掠《かす》れた声で呼びかけると、大杉の背後から、撫《な》で肩の優男《やさおとこ》があらわれた。

鼻が奇妙に高く、薄い唇《くち》もとがやけに赤い。瘦《や》せているので顴骨《かんこつ》が張ってみえ、顔色は化粧でもしているのか、お内儀よりも白かった。

「野郎か、ふん」

優男が両手をひろげると、海苔屋の女房は弾《はじ》かれたように駆けだした。

頭からどんと胸に飛びこみ、必死に縋《すが》りつく。

よろめく男を幹に押しつけ、むさぼるように口を吸いはじめた。

「きまりだな」

男は女を騙している。

騙されていると勘づきながらも、女は逢瀬《おうせ》をやめられない。
「そいつが女の性《さが》ってもんだ。末は道行き、心中騒ぎか。けっ、縺《もつ》れそうな一件だぜ」

あとは優男の素姓を調べあげ、依頼主にこっそり教えてやればいい。男に相応の手切れ金を払えば、最悪の事態は避けられるかもしれぬ。お内儀は元の鞘《さや》に納まり、海苔屋に波風は立たない。穏便に済ませられれば、影聞き冥利《みょうり》に尽きるというもの。これも人助けなのだと、みずからに言い聞かせても、いまひとつ割りきれないところがあった。

他人の秘密を暴き、告げ口をして稼ぐことが、はたして、まっとうな生き方といえるのか。

そもそも、伝次はへっつい直しのこそどろだった。一度ならず二度までも、肝を潰《つぶ》したことがある。三度目はない。手が後ろにまわるまえに、賢く商売替えをはかったというわけだ。

こそどろだった身にすれば、影聞きはまっとうな商売かもしれぬ。

しかし、世間はそうみない。盗人《ぬすっと》が仲間を売るようなものだと非難し、冷ややかな眼差《まなざ》しを送ってくる。

伝次は見掛けも貧相な男であった。顔見知りのあいだでは「どぶ鼠」で通っているし、羅生門河岸の鉄砲女郎に「渋柿の渋」と笑われたこともある。冷たい世間への恨み辛《つら》み、自分への不信や自信の無さが痼《しこ》りとなり、世の中を斜めに窺《うかが》う癖がついてしまった。

が、物事の善悪だけは、わきまえているつもりだ。

殺しにゃ手を染めねえ。

一線を踏みこえる寸前で、伝次は何とかもちこたえている。

海苔屋のお内儀は男と別れ、淋《さび》しそうに来た道を戻っていった。

優男のほうも大杉の根元を離れ、急ぎ足で参道を去っていく。

伝次は痩せた背中を追いかけ、墨堤に舞いもどった。

やにわに、優男が振りむく。

さっと横を向き、知らんぷりをきめこんだ。

優男が歩きだしたところへ、ちりんちりんと鈴音がまた聞こえてきた。

「ちっ」

足を向けた先から、黒い葛籠を担いだ町飛脚が駈けてくる。

褌を尻に食いこませてはいるが、顎の長い飛脚ではない。

太い眉毛が一本に繋《つな》がった若い衆だ。

飛脚は優男とすれちがい、あっというまに迫ってきた。

「こんどはまゆげか、今日は兎屋の飛脚によく会うぜ」

「おっと」

まゆげが足を止める。

「影聞きかい、あいかわらず暇そうじゃねえか」

「てめえんとこの親方ほどじゃねえさ」

「言えてらあ」

まゆげは走りかけて止まり、首を捻《ねじ》りかえす。

「おっと忘れるところだった。その親方が捜しておいでだぜ」

「おれをか」

「おめえのほかに誰がいる。何でも、探ってほしいことがあんだとよ。へへ、頼りにされて嬉《うれ》しいか」

「うるせえ」

「せいぜい気張ってやんな。じゃあな、伝えたぜ」

まゆげは片尻をぴしゃりと叩き、足を飛ばして遠ざかる。

墨堤に目を移すと、すでに、優男のすがたは消えていた。

「くそっ、逃がしちまったじゃねえか」

土手際には蕗《ふき》が芽を出し、そこはかとなく春の香りがただよっている。

空を見上げれば、白い雲がぽっかり浮かんでいた。

「浮雲か」

茫洋《ぼうよう》とした三十男の風体《ふうてい》を、かさねあわせてみる。

二度ほど挨拶《あいさつ》を交わした程度の付きあいだが、兎屋の親方は鰻《うなぎ》のようにつかみどころのない男だ。

「仕方ねえ、顔でも出してやっか」

目のまえで獲物を逃したにもかかわらず、伝次の足取りは心なしか弾んでみえた。

二

兎屋は銀座の裏手、へっつい河岸に面した住吉町裏河岸にある。

江戸と京大坂を往復する三度飛脚は飛脚の華だが、江戸町飛脚は江戸の町をちょこまか駈けまわる便利屋にすぎない。葛籠の中味は商人に託された書状から冠婚葬祭の案内状、金貸しの督促状から秘密めいた艶書《えんしょ》恋文のたぐいまで、数えあげたらきりがない。ときには銭金もあつかうが、たいした額ではなかった。

へっつい河岸には、町名のとおり、へっつい直しの職人も多く住んでいる。伝次にとっては馴染《なじ》みの深いところだ。

元吉原《よしわら》のあった界隈《かいわい》だけに淫靡《いんび》な残り香がただよい、小粋な芸者衆のすがたもちらほら見受けられる。川幅の広い浜町河岸にも通じており、堀川には荷を積んだ小舟が頻繁に行き来していた。

伝次は賑《にぎ》やかな河岸を横切り、太鼓暖簾《のれん》をはためかす兎屋の敷居をまたいだ。

「ちょいとごめんよ」

売場格子に声を掛けると、番頭の長兵衛《ちょうべえ》が顔を差しだした。

漬けた茄子《なす》のようなしょぼくれた面《つら》だが、しっかり者を絵に描けば長兵衛になる。

「おや、伝次かい、ずいぶんご無沙汰じゃねえか」

「へ、こりゃどうも。親方は」

「さあな」

「って、そりゃねえでしょう。番頭なら、親方の行き先くれえはわかってねえと」

「余計なお世話だ、あれをみな」

伝次は言われたとおり外に出て、眩《まぶ》しげに空を仰いだ。

「何がみえる」

「青い空に白い雲」

「その雲が親方さ。つかもうとしても、つかめねえ。いつも気楽にふわふわ浮かんでいやがる。はたらく気なんざ、これっぽっちもねえのさ」

「生まれついての呑太郎《のんたろう》か」

「そうよ。三十を過ぎたら、ちったあましになるとおもったが、そいつはどうやら思いすごしだった。お気楽な生き様に磨きが掛かっちまってなあ、三年経《た》ったら若隠居してえと抜かす始末さ。嘘《うそ》じゃねえよ、おことばどおり、不忍《しのばず》の池畔に終《つい》の棲家《すみか》をみつけちまった」

「ふうん、終の棲家をねえ」

「狢亭《むじなてい》と名付けてな、ひねもす、狢仲間と遊んでけつかる」

「兎屋は番頭さんで保《も》ってるようなもんだな」

「ところが、そいつはちがう。やっぱし、親方あっての商い、浮世之介《うきよのすけ》あっての兎屋さ」

「親方の名は、浮世之介ってのか」

「綽名《あだな》だよ。じつの名は卯之介《うのすけ》ってんだが、そいつも本名とは言いきれねえ」

「なんだそりゃ」

「ぷらりとあらわれたのが八年めえだ。先代に気に入られ、いつのまにか二代目におさまった。そのころを知るのはおれだけだが、親方の素姓は聞かされてねえ。頑固一徹の先代が墓場までもっていっちまったのよ」

「ふうん」

「あんな呑太郎でも、女にゃもてる。役者なみの色男でもねえし、奇妙な髷《まげ》にかぶいた風体《なり》だが、なぜかもてる。垢《あか》抜けた年増なんざ、いちころさ。もっとも、女だけじゃねえ。こうして喋《しゃべ》くっているおれにしたところで、親方のそばに居てえとおもうんだ。どうしてかって……ことばじゃうまく言えねえが、何やらこう、ほんわかしてくるのよ、口惜《くちお》しいことにな。ひょっとしたら、そいつが人間の徳ってものかもしれねえ」

と、そこへ、洟《はな》垂れ小僧がすっ飛んできた。

すかさず、長兵衛が声を掛ける。

「あ、徳《とく》ぼん、お戻りかい」

「うん」

「手習いはどうだった」

「いつもと同じさ。代わりばえはしないよ」

「そいつはよかった。勝手の棚にあんころ餅があるから、お食べ」

小僧は返事もせずに草履を脱ぎ、小さな肩を怒らせながら奥に消えてゆく。

「あれが跡継ぎの徳松《とくまつ》さ。ご機嫌斜めのところをみると、泣かされでもしたな。へへ、小生意気な洟垂れだが、九つにしちゃものの道理がわかっているほうだ」

「びしっと育ててやらねえと、父親みてえな風来坊になっちまうぜ」

「そいつは母親の役目と言いてえところだが、肝心の母親ってえのが誰だかわからねえ」

「母無しっ子か」

「まあな。もっとも、母親代わりはいるにはいる。ところが、こいつがまた糸の切れた凧《たこ》みてえな娘でな」

「娘」

「まだ十九なのさ。おちよと言ってな、ほっぺたのぷくっとした可愛《かわい》い娘だ。ちゃきちゃきした元気者で、自分より若え男を追っかけて家出したんだが、淋しくなるとしょぼくれた面で帰《け》えってくる。親方から月の手当てを貰《もら》い、玄冶店《げんやだな》で独り暮らしをしているのよ。げっ、噂《うわさ》をすれば何とやら、おちよが帰えってきたぜ」

長兵衛は立ちあがり、こそこそ奥に隠れてゆく。

「おい、番頭さん」

伝次が呼びかけると、板戸の向こうから囁《ささや》き声が返ってきた。

「済まねえが、留守にしといとくれ」

「しょうがねえなあ」

入れちがいに、おちよが転がりこんでくる。

「ちょいと、番頭さんは」

「いねえよ」

「困ったわ、どうしよう」

おちよは細身のからだに桜花散らしの江戸褄《づま》を纏《まと》い、島田髷に鼈甲《べっこう》の櫛《くし》と簪《かんざし》を挿している。浮世之介への義理なのか、眉は青剃《ぞ》りに剃りおとしているものの、唇もとには男心をそそるような笹色紅《ささいろべに》を塗っていた。粋筋の女にみえて、幼さも残る横顔が、何とも可憐《かれん》な感じがする。

「今日中に三両貸してほしいんだけど」

「おれに言われても無理だな」

「あんたに頼んじゃいないさ、番頭さんに言伝《ことづて》しといとくれ」

「三両をどうすんだい」

「薩摩座《さつまざ》の若い人形遣いがね、丁半博打《ばくち》で穴をあけちまったのさ」

「そいつを肩代わりしようってのか」

「まあね」

「どうして」

「どうしてって……」

聞かれておちよは涙ぐみ、人形浄瑠璃の一節を口走る。

「……昨日のままの鬢《びん》つきや、髪の髷目《わげめ》のほつれたを、わげて進じよと櫛を取り、手さへ涙に凍えつき、冷えたる足をふとももに、相合炬燵相輿《あいあいごたつあいごし》の、駕籠《かご》の息杖《いきづえ》生きてまだ、つづく命が不思議ぞと、ふたりが涙河堀口《こぼれぐち》」

「なんだそりゃ」

「知らないのかい。一度は思案、二度は不思案、三度飛脚戻れば合わせて六道の……冥途《めいど》の飛脚だよ」

「近松物か」

「そうさ。飛脚亀屋の忠兵衛が客の為替金に手を付けて、恋い慕う梅川を廓《くるわ》から請けだす。請けだされたはいいが、ふたりに残された道はただひとつ。忠兵衛から道行きに誘われた梅川が、よよと嘆く愁嘆場さ」

「おめえ、芝居町に入りびたってんのか」

「なかでも、人形浄瑠璃が好きだねえ。猿若町《えてわかちょう》で聞いてみな、兎屋のおちよを知らないやつは、もぐりだよ」

「もういちど聞くがな、どうしてまた人形遣いの肩代わりなんぞを」

「ふふ、野暮なことをお聞きでないよ。惚《ほ》れてんだから仕方ないじゃないか」

「惚れてるって、おめえ、兎屋のお内儀だろうが」

「そりゃそうだけど、事情があって逃げだしちまった。でもね、ときたま無性に逢《あ》いたくなるんだよ」

「浮世の旦那にかい」

「それと、徳松にね。ふたりをこうして、ぎゅっと抱きしめたくなるのさ」

おちよは自分の身を抱きしめ、悲しげに目を瞬《しばたた》く。

「それなら、帰えってくりゃいいじゃねえか」

「そうしたいのは山々だけど、こっちにもいろいろとあってね」

「わからねえな」

「ともかく、夕方までに三両を届けさせとくれ。頼んだよ」

「ああ、わかった。あごかまゆげに届けさせてやらあ」

「ところで、おまえさん、どなた」

「影聞きの伝次さ」

「影聞き」

「裏調べの達人だよ」

「変なの」

おちよは小首をかしげて笑い、くるっと踵《くびす》を返す。

番頭の長兵衛が、抜き足差し足で戻ってきた。

「行ったかい」

「ああ、行った」

「な、あれがおちよだ。おもしれえ娘だろう。三年前の師走《しわす》だった。稲荷の鳥居のしたで子犬みてえに震えているところを、うちの親方が拾ってきたんだ。そいつが居座っちまったあげく、ああなったというわけさ」

「こじゃれたなりで、見栄えもわるかねえ」

「おまけに、涙もろくて惚れっぽいときてる。可愛い娘だが、どっこい尻が据わらねえ。枇杷葉湯《びわようとう》みてえな尻軽女と、世間様にゃきめつけられている」

「そうじゃねえのかい」

「淋しい娘さ。本気で惚れた男に遊ばれるか、飽きられるかして、すぐに振られちまう。そのたんびに、泣き腫《は》らした目で帰えってくる。ところが、二、三日すると、またふらりと居なくなる。その繰りけえしさ」

「鳩《はと》の遣いみてえな娘だな」

「うめえことを抜かすじゃねえか」

「夕方までに三両欲しいんだとよ」

「毎度のこった。さ、茶飲み話はこのくれえにしとこう。親方なら、不忍の猪亭にいなさるはずだぜ」

「けっ、わかってんなら最初《はな》っから言いやがれ」

「くけけ、怒った面《つら》はなお、ひでえな」

「ふん、いらぬお世話だ」

　伝次は悪態を吐き、入れ歯を鳴らしてけたけた笑う長兵衛に背を向けた。

三

遠雷が聞こえる。

海苔屋のお内儀と優男のことが、少しばかり気になった。

下谷広小路《したやひろこうじ》から仁王門の手前に差しかかったあたりで、雨がぽつぽつ降ってきた。

池畔に靡《なび》く枝垂れ柳が、青々と芽吹いている。

不忍池は刷毛《はけ》で引いたように漣《さざなみ》立ち、水草は靄《もや》を吐きだしていた。

春の彼岸はまださきだが、そぼ降る雨は心地よい。

濡《ぬ》れ髪の町娘が前屈《まえかが》みで、いそいそと近づいてくる。

それと同時に、当世流行の端唄《はうた》がどこからか聞こえてきた。

「春雨にしっぽり濡るる鶯《うぐいす》の、羽風に匂う梅が香や、花に戯れしおらしや、小鳥でさえもひとすじに、ねぐらさだめぬ気はひとつ……」

うっとりするような旋律だが、女の声ではない。

町娘は急ぎ足で、三叉の辻《つじ》に差しかかった。

枝垂れ柳の木陰から、すっと男の手が伸びる。

「あっ」

伝次が息を詰めた瞬間、娘の袂《たもと》が木陰に消えた。

端唄は変わらずに聞こえている。

「……わたしゃ鶯主《ぬし》は梅、やがて身まま気ままになるならば、さあ、鶯宿梅じゃないかいな、さあさ、なんでもよいわいな……ちちんちととん、ちんとんとん」

娘のさらわれたあたりではない。もっと遠くのほうから聞こえてくる。

「こうしちゃいられねえ」

伝次は、脱兎《だっと》のごとく駈けだした。

恐ろしくもあるが、娘を助けたい気持ちもある。

暴漢に刃向かうことはできずとも、声をかぎりに叫んでやればよい。

息を切らせて三叉の辻に行きつき、少し間合いをとって木陰を覗《のぞ》く。

頬被《ほおかぶ》りの浪人風体がふたりいた。

ひとりが娘の口をふさぎ、帯を解こうとしている。

やめろと言いかけ、伝次は口を噤《つぐ》んだ。

別のひとりが刀の柄《つか》に手を掛け、三白眼で睨《にら》みつけたのだ。

鼻と口は隠せても、悪相を隠すことはできない。

食いつめた山狗《やまいぬ》が、辻強盗に走ったのである。

「騒げば斬るぞ」

くぐもった声が漏《も》れた。

「おい、わかったのか」

「へ、へい」

おもわず頷《うなず》くと、相手は柄から手を放した。

「金が無けりゃ操を奪う、それがわしらの遣《や》り口よ、ぬへへへ」

娘はぐったりし、あきらめたように目を瞑《つむ》る。

匂い縞《じま》の着物は胸元がはだけ、鹿《か》の子《こ》の中着と上気した肌が覗いていた。

富士額には面皰《にきび》の痕跡が見受けられる。まだ十五、六の町娘だ。

可哀相《かわいそう》に。

同情は禁じ得ないが、命は惜しい。

「ふん、鼠め、そこでみておれ」

逃げだしたくとも、からだが動かない。

金縛りにあったみてえだ。

「ちんとんとん……春雨にしっぽり濡るる鶯の、羽風に匂う梅が香や」

またもや、さきほどの端唄が聞こえてきた。

こちらへ、ゆっくり近づいてくる。

伝次も浪人たちも身を強張《こわば》らせ、唄声のするほうに目をむけた。

「あ」

蛇《じや》の目《め》をさした男が、池畔をのんびり歩いてきた。

白地に黒の大文字で「福寿」やら「吉祥」だのと染めぬいた着物をぞろりと纏い、女物の紅襦袢《じゆばん》を裾《すそ》から覗かせている。

惚れ惚れとするような腰の据わり、肩の力は見事に抜けていた。

顔は傘陰に隠れているものの、まちがいない、伝次にはそれが兎屋の浮世之介であることがわかった。

「親方、兎屋の親方」

声を掛けても端唄はやまず、蛇の目はすうっと通りすぎていく。

「待ちやがれ、この狢野郎」

伝次はあきらめ半分で、怒鳴りつけてやった。

ふわりと、浮世之介が振りむく。

赤ん坊のような顔だが、奇妙な感じがした。

団子に結った髷に、耳搔《みみか》きの付いた銀の簪《かんざし》を挿している。

「ぬへへ、いかれた野郎だ」

浪人ふたりが指を差して笑った。

浮世之介は表情も変えず、同じ歩調でやってくる。

「おや、誰かとおもえば伝次かい」

おっとりした口調で、唄うように喋った。

「ちょうどいい、おまえさんを捜していたところでね。ちょいとそこまで、付きあっておくれ」

「あの、親方、付きあうのはやぶさかじゃねえが、こいつらを放っておいてよろしいんですかい」

「こいつらとは」

「浪人者ですよ」

「いるね。それがどうかしたのかい」

「辻強盗ですぜ、親方」

「そのようだね」

「どうにか、なさらねえので」

「しましょうか」

浪人どもは間抜けな会話に耳をかたむけ、鼻白《はなじろ》んでいる。

浮世之介は傘をたたみ、木陰へするっと滑りこんだ。

「うらなりめ、死にさらせ」

浪人のひとりが、しゃっと白刃を抜いた。

鋭利な切先《きっさき》が浮世之介の胸元に伸びる。

ぱっと傘が開き、雨粒が弾けとんだ。

「くりゃっ」

突きだされた刃が、傘の一部を貫く。

途端に蛇の目がくるんと回り、浪人は刀を失った。

「うぬっ、くそっ」

地団駄を踏む浪人の肩を、別のひとりが鷲摑《わしづか》みにする。

「退《さ》がっておれ」

ふたり目は、かなりできそうだ。

抜きはなった白刃を八相に高く構えるや、

「せいっ」

踏みこみも鋭く、一撃で蛇の目を叩っ斬った。

が、傘の向こうに、浮世之介のすがたはない。

いつのまにか、浪人者の背後にまわりこみ、耳に息を吹きかけている。

「耳垢がずいぶんたまっていなさる。ほら、動いたら危ないよ」

浮世之介は手にした簪の先端を、耳の穴にすっと差しいれた。

「うくっ」

浪人は刀を握ったまま動けず、額に膏汗《あぶらあせ》を滲《にじ》ませる。

伝次は瞬きも忘れた。刀を失った浪人は口をぽかんと開け、気を取りもどした町娘は両手で顔を覆っている。

「物騒なものは仕舞いな」

浪人は言われたとおり、素直に刃をおさめた。

浮世之介は耳から簪を引きぬき、先端に目を凝らす。

「ほうら、ごっそり取れた。積もり積もった浮世の垢だね」

耳垢をふっと吹きとばしてやると、浪人どもは首を縮めた。

肝を抜かれた犬のように、尻尾《しっぽ》を巻いて逃げてゆく。

「さ、おまえさんのお手柄だ、娘を助けておやり」

浮世之介に囁かれ、伝次は我に返った。

助けおこされた娘は、糸のように細い眸子《まなこ》から大粒の涙をこぼす。

「……あ、ありがとう存じます」

礼を言われ、伝次はこそばゆい感じがした。

端唄がまた、艶《なま》めかしげに聞こえてくる。

「やなぎ、やなぎで世をおもしろう、ふけて暮らすが命の薬、梅にしたがい桜になびく、その日その日の風次第、うそもまことも義理もなし……ちちんちととん、ちんとんとん」

雨の向こうを透かしみれば、破れた蛇の目が遠ざかっていく。

「浮世の旦那」

伝次の胸の片隅に、ぽっと灯が点《つ》いた。

四

伝次は町娘を送りとどけ、不忍池の西にまわった。

めざす屋敷は無縁坂の坂下、中島《なかじま》弁財天社を見下ろす笹藪《やぶ》の奥にある。

毛臑《けずね》を濡らして分けいると、行く手に人影が立った。

「うえっ」

伝次は腰を抜かす。

上から覗きこんできたのは、皺《しわ》顔の老婆だった。

「寒椿《かんつばき》はいらんか、ひと首一文じゃ、ぐふふ」

花売りの老婆であった。

道端に落ちた真紅の花を拾いあつめ、縁起物と称して売るのだ。

椿は花ごと落ちるさまが首落ちを連想させ、武家には忌み嫌われる。が、もともと霊力の強い木とされているので、商家の庭などにはかならず植えてあった。

みすぼらしい見掛けもそうだが、落ちた椿をひと首、ふた首と数えるのも不気味だ。

伝次が黙って去りかけると、老婆は薄気味悪く笑ってみせた。

「おぬしの背中に、霊がみえる」

「あんだと」

「ご案じなさるな、守護霊じゃ。小心者の小鬼でな、飼いならせばわるさはせぬ。猪亭に行ったら、猪の旦那によろしくと伝えとくれ。ご先祖の御霊をおろしたくなったら、花売り婆のおろくを呼んどくれとな、うひゃひゃ」

伝次は返事もせずに、さきを急いだ。

笹藪を抜けたところに、なるほど、竹垣に囲まれた瀟洒《しょうしゃ》な平屋がある。

玄関の扁額《へんがく》には「狢亭」とあり、竹筒を槌《つち》で叩くと、脇の簀戸《すど》が音もなく開いた。

応対にあらわれたのは、はっとするような美しい年増だ。

「伝次さまですね、伺っております。こちらへどうぞ」

品の良い仕種《しぐさ》でお辞儀をされ、中庭へ招じられても、伝次は見惚《みと》れたままでいる。

絹の羽織を纏っていたら、するっと肩が落ちる場面だ。

「さ、どうぞ。ご遠慮なさらずに」

楚々《そそ》とした姿態に惹《ひ》かれつつ、伝次は中庭を横切った。

夢見心地で長い廊下を渡り、奥座敷へと導かれる。

年増は膝をたたみ、長い指をかさねて襖《ふすま》を開けた。

覗いてみると、白髪の老人が上座にでんと座っている。

浮世之介はかたわらに座り、手酌で燗酒《かんざけ》を飲《や》っていた。

「おいでなすったね。さ、おはいり」

「へ」

膝をすすめると、背後の襖が静かに閉まった。

仄《ほの》かな芳香も、遠ざかってしまう。

浮世之介が微笑《ほほえ》んだ。

「あの香り、何だとおもう」

「さあ」

「沈丁花《じんちょうげ》さ、もうすぐ庭に咲きほこる」

「はあ」

「ちょいと、わけありのお方でねえ。香保里《かほり》さんというのだ。縁あって家守《やもり》をお願いしているのさ」

零落した武家の奥方らしい。

ひとつ、調べてやるか。

影聞き魂を擽《くすぐ》られた。

「芯のしっかりした花だが、惜しいことに咲き方を知らぬようでねえ。ま、おまえさんともちょくちょく顔を合わせることになろうから、懇意にしとくといい」

「へい」

嬉しそうに返事をすると、白髪の老人に笑われた。

「ふほほ、浮世殿、そのお方かい、渋柿の渋とか言われている御仁は」

「そうですよ」

「役に立つのかね」

「さあ。何しろ、ほかに知りあいがいないもので」

「さよう。影聞きなぞという珍商売をやる者は、おいそれとみつけだせるものではなかろうからな」

伝次は丹唇を噛《か》んだ。

「おや、怒らせちまったかい。それは申し訳ないことをした。許しておくれ、悪気があったわけじゃない」

老人の素姓を知り、伝次は腰を抜かしかけた。

名は善左衛門《ぜんざえもん》、池之端仲町《いけのはたなかちょう》で筆硯《ひっけん》を商う文化堂《ぶんかどう》の隠居である。文化堂は誰もが知る老舗《しにせ》の大店《おおだな》で、芝居興行の金主にも名を連ねている。二年前に楽隠居した善左衛門は、江戸でも指折りの大金持ちにほかならなかった。

「じつはね、内々に調べてほしい者がある」

一人息子の嫁を調べてほしいという。

「嫁の名はおすまじゃ。倅《せがれ》の善太郎《ぜんたろう》は生来のうっかり者ゆえ気づかぬが、どうも良からぬ虫が付いたようでの」

そもそも、おすまは深川でも名の知られた羽織芸者であった。芸者遊びにうつつを抜かす善太郎に見初められ、五年前に請けだされたのだ。

大店の内儀におさまって二年目に娘を授かり、それからの三年間は子育てと商いの手伝いを無難にこなし、文化堂のお内儀としての威厳も備わってきた矢先だった。

「鶯の鳴き声でも聞こうかと、初音《はつね》の森に足を向けてみたらば、たまさか、御高祖頭巾のおすまが見知らぬ若い男といっしょにいるところに出くわした。すかさず石灯籠《どうろう》の陰に隠れたゆえ、むこうは気づいておるまい。天網恢々《かいかい》とはこのことじゃ、人間、わるいことはできぬ」

出来損ないの御曹司が、水商売あがりの嫁に体よく騙されている。

隠居はそれと知った途端、重い溜息《ためいき》を吐いたにちがいない。

が、みずから嫁の浮気を追及し、家から追いだす腹はないようだった。

むしろ、息子にさえ知られずに内々で事を処理し、元の鞘に納めたいと願っている。

「なあに、世間体を気にしてのことじゃあない。目に入れても痛くない孫娘のためじゃ。伝次さんとやら、ひと肌脱いでもらえぬだろうか。相手の素姓を探り、できれば、手切れ金の金額を聞きだしてほしいのじゃよ」

「え、相手と面と向かえと仰《おっしゃ》るので」

「やはり、できぬか」

「へえ、そこまでは」

「無理強いはせぬ。とりあえずは相手の素姓を知らねばな。ここに仕度金の三両がある、受けとっておくれ」

「でへへ、こりゃどうも」

　隠居は小判を畳に並べ、ぼそっと漏らす。

「わしの代理で相手と話しあい、この一件を丸く収めてくれたら、それ相応の報酬は払うつもりじゃ。そうよな、最低でも手切れ金の一割は払う。三百両なら三十両、五百両なら五十両、千両なら百両」

「ひゃ、百両」

「さよう、上限は無しじゃ。ま、気が変わったら、教えておくれ」

　伝次は生唾《なまつば》を呑みこんだ。

　浮世之介はとみれば、眸子を瞑ってとろとろ舟を漕いでいる。

「ほほ、こちらさんはいつもこんなふうでね。猪の仲間内では、とろり之介と呼ばれておる。若いのにあくせくせず、ふわふわ生きていなさる。わしに言わせりゃ、ちゃんとしないところがいい。還暦を過ぎたわしのような爺《じじ》でも、見習いたいほどの御仁さ。ほほほ、羨《うらや》ましいね、どんな夢をみてんだろう」

目を醒《さ》ましたら、夢の中味を聞いてみたい。

などと、伝次はおもった。

五

文化堂の嫁、おすまには情夫《いろ》がいる。

長年の経験から、一見しただけで怪しいとわかった。

おすまはまだ三十の手前だが、男が振りむくほどの美人でもない。が、よくみれば、男好きのする顔をしている。受け気味の厚ぼったい唇もとは艶めき、黒目がちの瞳に物欲しそうな光を宿していた。

しかも、三味線の名手で、お座敷が掛かったときは自慢の咽喉《のど》を披露したものだが、大店の嫁に片付いてからは世間体を気にしてか、端唄ひとつ唄わなくなった。

「囀《さえず》りを忘れた鶯か」

誰もが羨む立場にあっても、満足できない気持ちが燻《くすぶ》っている。

少しばかり羽目をはずしても花街の女であれば許されるところが、大店のお内儀ともなればけっして許されない。雁字搦《がんじがら》めに縛りつける世間のしがらみが、鬱陶《うっとう》しくてたまらないのだろう。

おすまはかつての輝きを取りもどそうと、必死にもがいている。

そんなふうにもみえた。

だが、慎重に構え、おいそれとは動きださない。

半月近く張りついても、情夫の影は見出《みいだ》せず、とうとう春分になった。

梅に替わって彼岸桜が咲き、白い辛夷《こぶし》の花も満開になったころ、おすまは御高祖頭巾をかぶり、いそいそと外へ繰りだした。

遠くから眺めても、緊張は伝わってくる。

「まちげえねえ」

逢瀬だなと、直感した。

獲物を狙《ねら》ったら最後、すっぽんなみに喰《くら》いつく。

それが伝次の信条だけに、今日という今日は相手の素姓を見定めてやる気でいる。

刻限は八つ刻《どき》、空は薄曇り、少しばかり肌寒い。

おすまは仲町の辻で駕籠を拾い、不忍池に沿って北へ向かった。

たどりついたところは谷中感応寺《やなかかんのうじ》、富籤《とみくじ》興行と笠森《かさもり》稲荷があることで知られる名刹《めいさつ》だ。

おすまは辻駕籠を降り、酒手《さかて》を払うと、参道を足早に進んだ。

「逃さねえぞ」

伝次は、汗みずくで背中を追う。

おすまは笠森稲荷に向かい、賽銭箱に小銭を抛《ほう》った。

本尊に一礼して柏手を打ち、脇に控える白狐の石像にも手を合わせる。

狐の鼻は欠けていた。

そういえば、三囲稲荷でも目にしたことがある。

海苔屋のお内儀が同じように、鼻欠け狐を拝んでいた。

おすまは祈りを済ませると、笠森稲荷に背を向け、感応寺の山門まで取ってかえした。そして、どこへ向かうのかとおもえば、大路を挟んだ対面にある霊梅院《れいばいいん》へ踏みこんだ。

「なあるほど」

伝次は、ほくそ笑んだ。

樹木が鬱蒼《うっそう》と繁る霊梅院の境内は、初音の森として知られている。

ほかでもない、文化堂の隠居が散策に訪れ、逢い引きを見掛けた場所だった。

案の定、境内の端に聳《そび》える御神木の裏手に、痩せた優男がひとり待っていた。

「お」

伝次はおもわず、声をあげた。

海苔屋のお内儀を誑しこんだ男だ。

まちがいない。奇妙に高い鼻でわかった。

ふたりは二言三言ことばを交わし、手と手を握りあった。

優男が白い顔を近づけると、おすまはやんわり抗《あらが》った。

懐中から袱紗《ふくさ》の包みを取りだし、男の胸に押しつける。

「金だな」

それ以外には、考えられない。

ただ、海苔屋のお内儀とは様子がちがう。

おすまのほうは、さほど執着していないように感じられた。

ひょっとしたら、羽織芸者だったころからの腐れ縁かもしれない。

身請けがきまって別れたものの、金に困った男のほうから近づき、焼け木杭《ぼっくい》に火がついた。女は逢瀬をかさねて深みにはまり、罪深さに気づいたときは遅かった。男への未練を捨てきれぬまま、逢うたびに小金を毟《むし》りとられ、拒めばふたりの仲を世間にばらすと脅され、二進《にっち》も三進《さっち》もいかなくなった。

おおかた、そんなところだろう。

こと男女の仲に関するかぎり、伝次は読みをはずしたことがない。

ふたりはその場で、あっさり別れた。

伝次は参道を淋しげに去るおすまをやり過ごし、優男の背中を跟《つ》けはじめる。

「こんどは逃さねえぜ」

男は山門を通りぬけ、感応寺のさきを右手に曲がり、左右に寺社の連なる大路を西に向かって歩きはじめた。

懐中が重くなったせいか、足取りは軽そうだ。

人影はまばらで、耳を澄ませても飛脚の鈴音は聞こえてこない。

男は堀川に架かる木橋を渡り、千駄木の団子坂にたどりついた。

坂下町の一角に、古ぼけた平屋が佇《たたず》んでいる。

男は馴染み顔で敷居をまたぎ、屋敷の奥に消えていった。

「初音一家か」

親分の名はたしか松五郎《まつごろう》、富籤興行のおこぼれで食っている地廻りだ。

天水桶《てんすいおけ》の陰から窺《うかが》っていると、ほどもなく、優男が外に出てきた。

蝙蝠縞《かわほりじま》の着物を羽織った禿頭《はげ》の大男を連れている。

貫禄《かんろく》から推すと、初音一家の若い衆頭《しゅがしら》であろうか。

ふたりは談笑しながら団子坂を登り、四つ辻の脇にある料理茶屋にしけこんだ。

値の張りそうな料理茶屋なので、外で待つしかない。

伝次は待った。

空は昏《くら》い。

ひと雨きそうな気配だ。

匂いでわかる。雨の匂いがする。

待つことには馴《な》れているものの、一刻が途方もなく長く感じられた。

やがて、赤ら顔のふたりが外へ出てきた。

「くそったれめ」

こっちが震えているあいだに、美味《うま》い酒を呑みかわしていたのかとおもえば、腹も立ってくる。

ふたりは坂上で別れ、蝙蝠縞の大男だけが坂道を下っていった。

優男は男の背中を見送り、みずからは辻駕籠を拾う。

「けっ、てえしたご身分だぜ」

伝次は、南に向かう辻駕籠を追った。

ぽつぽつと降りだした雨は、やがて、土砂降りとなった。

六

雨はいっとき土をほじくり返すほどの勢いになったが、ほどもなく小降りとなり、辻駕籠が目当ての場所へ着くころには熄《や》んでしまった。

居酒屋に飛びこみ、熱燗でも飲らねば凍えてしまいそうだ。

「ぶえっくしゅ」

伝次は濡れた襟《えり》を寄せ、ぶるっとからだを震わせた。

優男は駕籠を降り、華やいだ町を歩きはじめる。

大路は縦横に交わり、人の往来も喧《かまびす》しい。

幔幕《まんまく》を張った大櫓《やぐら》、軒に並ぶ掛け提灯《ちょうちん》、二階建ての小屋には色とりどりの旗竿《ざお》が林立し、頭上の招牌《まねき》には勘亭流の文字が並んでいる。

「芝居町か」

浅草の猿若町《さるわかちょう》であった。

優男は人形浄瑠璃を催す薩摩座の裏手へ消えていく。

招牌を見上げれば「冥途の飛脚」という題字がみえた。

「一度は思案、二度は不思案、三度飛脚戻れば合わせて六道の、か」

からだが何やら火照《ほて》ってくる。

小屋の端に目を遣ると、小さな稲荷の祠《ほこら》があった。

紫地に桜散らしの着物を纏った娘が、熱心に祈りを捧《ささ》げている。

「うえっ、おちよじゃねえか」

驚いて発すると、おちよが両手を合わせたまま振りむいた。

「あら、影聞きのお兄さん」

「こんなところで何してんだ」

「鼻欠けのお稲荷さんを拝んでいるのさ」

「なに、鼻欠けだと」

祠を覗けば、なるほど、鼻の欠けた狐の石像が手招きしている。

「お兄さん、どうしたんだい。狐につままれたような顔だよ、うふふ」

「おめえ、何を祈ってる」

「お金が貯《た》まりますようにってね。ほら、瘡《かさ》に罹《かか》ると鼻が欠けちまうだろ。鼻欠け狐は瘡に罹った連中の守神でね、瘡に嵩を掛け、お金の嵩も増えるってわけ。おまえさん、知らないのかい」

「んなこたあ知らねえ」

「恐《こわ》いお顔だこと。髪がぺったり貼りついて、海苔みたいだよ、うふふ」

「おめえに聞いたことがあったたな。薩摩座の人形遣いに惚れたってはなし。そいつはもしかして、鼻の欠けた野郎じゃねえのか」

「ご名答、よくわかったね」

「そいつの名は」

「文七《ぶんしち》だよ。立役《たちやく》の通り名だけど、そうはみえない優男さ」

人形遣いは三人からなる。主遣いは左手で人形の首を、右手で人形の右手を動かす。左遣いは右手で人形の左手を、足遣いは両手で人形の両足を操る。文七は薩摩座の誇る主遣いで、人形に魂を吹きこむように喜怒哀楽を自在に演じてみせるところから、かつては一世を風靡《ふうび》した。

が、三年ほどまえから身を持ちくずし、廓遊びや博打に耽《ふけ》った。ちやほやされて調子に乗り、放蕩三昧《ほうとうざんまい》をつづけたあげく、仕舞いには岡場所で鉄砲女郎を買い、梅毒を伝染《うつ》されたのだ。

やがて手が震えだし、人形をまともに操ることもできなくなった。人気は凋落《ちょうらく》の一途をたどり、今では人形に触れさせてもらえないという。

「わたしは以前の文七を知っている、人気絶頂のころのね。それは見事な指遣いだった。文七の操る人形は、本物の人間よりも人間らしくってねえ。観《み》る者の心をつかんではなさなかった」

「ところが、高転びに転げおちた」

「そうさ。落ち目になったと聞いて、同情しちまったんだよ」

弱りかけた男をみると、うっかり、情を移してしまう。

それがおちよの良いところでもあり、危ういところでもあった。

「わたしは文七に惚れたんじゃない。文七の操る人形に惚れていたのさ」

「惚れたってのは、そういうことかい」

「とんだ読みちがいだったね」

伝次は、優男の奇妙に高い鼻をおもい浮かべた。

あれは、蠟《ろう》細工の付け鼻にちがいない。

「やっぱし、野郎が文七か」

「何か言ったかい」

「いいや、こっちのはなしだ」

鼻が落ちたら、瘡も治る。文七はそう信じ、鼻欠け狐を熱心に拝んでまわった。

人形遣いにご執心の女たちも、鼻欠けの狐詣でをまねた。

海苔屋のお内儀も、文化堂のおすまも、おちよもそうだ。

願い叶《かな》って鼻は落ち、文七は付け鼻を付けた。不思議と病状は恢復《かいふく》したが、手の震えは容易に戻らない。文七の操る人形芝居をもういちど観たいと願う女たちは、今も熱心に鼻欠け狐を拝んでいるのだ。

「影聞きのお兄さんは何を探ってんだい」

「別に」

伝次が口ごもると、おちよはけたけた笑った。

「芝居を観にきたわけじゃないんだろう。今日の演目《だしもの》はとっくの疾《と》うに終わっちまったものねえ」

「おめえ、冥途の飛脚を観たのか」

「観たよ、興醒めさ。文七の人形でなくちゃ、やっぱりだめだ」

伝次は迷ったあげく、これまでの経緯《いきさつ》をかいつまんで語った。

「野郎はな、金のありそうな年増を騙して、小金を稼いでいやがるんだ」

「ふうん、文七がそこまでの悪党だったとはねえ」

「だからよ、おめえが貢いでやることはねえのさ」

「そいつはちがうよ」

「なに、どうちがう」

「弱い色男に頼られたら、女は貢いじまうものさ。たとい、どんな悪党でもね」

「鼻欠けのどこが色男だって」

「ふん、色男は色男さ」

おちよは口を尖《とが》らせる。

伝次は頭を掻いた。

「わかったよ、堪忍しろや」

「ま、いいさ。ところで、文化堂のお内儀さんのはなしだけど、深川で名を売ったおすま姐《ねえ》さんの噂なら、聞いたことがあるよ。五年前、情夫と心中騒ぎを起こしたあげく、文化堂の若旦那に身請けされたのさ、どうしてもと請われてねえ」

「死に損ないの芸者に惚れちまったわけか。若旦那ってな、よっぽどの物好きらしいな」

「そんときの心中相手は、きっと文七だよ。文七はおすま姐さんと切れたあと、箍《たが》がはずれちまったのさ」

「なあるほど、読みどおりだぜ」

やはり、ふたりは腐れ縁の仲なのだ。いったんは別れたが、いまだに未練を引きずっているのにちがいない。

「置屋の女将《おかみ》さんなら、詳しいことをご存知のはずだよ」

「おすまを抱えていた置屋か」

「そうさ、櫓下《やぐらした》の梅本《うめもと》だよ。女将さんはね、おときっていうんだ」

「やけに詳しいな」

「旦那さまに聞いたんだよ」

「旦那さまってのは、親方のことか」

「ほかに誰がいるんだい。やなぎ、やなぎで世をおもしろう、ふけて暮らすが命の薬ってね、深川七場所は旦那さまの遊び場なのさ」

「茶屋でも置屋でも、顔ってわけか」

「まず、知らない者はいないだろうねえ」

おちよは、自慢げに胸を張ってみせる。

そのくせ、兎屋に腰を落ちつけようともしない。

「妙な娘だぜ」

日没前だというのに、あたりは薄暗くなってきた。

さきほどよりも、いっそう、寒さは増したようだ。

気がつくと、白い花弁が舞いおりてくる。

「雪か」

「そういえば、今日はお釈迦《しやか》さまの命日だねえ」

おちよは両手をひろげ、感慨深そうにつぶやいた。

七

牡丹雪の降るなか、伝次は深川の櫓下にある「梅本」を訪ねてみた。

女将のおときはでっぷり肥えた女で、長火鉢を抱えるように座っていた。

朱羅宇《ラオ》をくわえ、ぷかあっと煙をふかし、牛に似た眠たい目を向けてくる。

「おすまのはなしなんざ、これっぽちもしたかないねえ。こちとら、さんざ迷惑を掛けられたんだ。心中のしくじり者は日本橋に晒《さら》される。お上に知れたら事だってんで、このあたしが何やかやと後始末してやったのさ。それがどうだい、文化堂のお内儀におさまっちまってからは梨の礫《つぶて》、お礼のひとつもないんだよ。おおかた、あたしらのような者とは関わりを持ちたかないんだろ。ふん、お高くとまりやがって」

伝次は上がり端《ばな》から長火鉢まで躙《にじ》りより、猫板のうえに一分金を置いた。

「女将さん、こいつは口が軽くなる薬だ」

「ふん、何が聞きたいんだい」

「おすまの情夫ってのは、人形遣いの文七なんだろう」

「そうさ。文七さんは上客でねえ、あの当時はたいそう羽振りもよかったから、毎晩のようにお金を湯水と使ってくれた」

「ほう」

「今だってね、文七さんとは繋がりがあるんだよ。おすまなんぞにくらべたら、義理堅いおひとさ」

伝次は膝を乗りだした。

「そのあたりのはなしを、まちっと聞かせてくれねえか」

「いやだね」

と言いながらも、おときは猫板を指で叩く。

「ちっ、しっかりしてやがる」

伝次は二枚目の一分金を置いた。

「ここだけのはなしだけど、文七さんと深い仲になっちまったんだよ」

「誰が」

「あたしにきまってんだろ」

「げっ、鼻欠けと寝ちまったのかい」

「しっ、大きい声を出すんじゃないよ。瘡なんてものはね、鼻が落ちりゃ、いっしょに抜けちまうんだよ。あたしゃね、あのひとの鼻が欠けるのを指折り数えて待っていたのさ」

流し目を送られ、伝次は背筋に寒気をおぼえた。

「ふふ、待っていた甲斐《かい》はあったよ。文七さんのおかげで、おもいがけず、御利益《ごりやく》をこうむることになってねえ」

おときは半年ほどまえまで、置屋が古くてじめじめしていることを気にしていた。そこで、文七に相談したところ、高名な神おろしの梓巫女《あずさみこ》を紹介してもらったのだという。

「日向水木《ひゅうがみずき》先生と仰ってねえ、御台様《みだいさま》はじめ大奥の御女中方も通われるほどのお偉い先生さ」

見掛けは矮軀《わいく》の老婆らしい。皺のなかに目鼻が埋まっているような顔で、足腰は弱く、屋敷から一歩も出られない。ゆえに、厄払いや御先祖の御霊おろしなども、こちらから出向いてお願いするという。

「で、何て言われたんだ」

「子《ね》の方角に風穴を穿《うが》てと告げられた。そのとおりにしたら、何やらこう、気分が晴れてきたのさ」

言われてみれば、開けはなたれた勝手口から、北風がぴゅうぴゅう吹きこんでいる。単に、風通しが良くなっただけのはなしではあるまいか。

「それだけじゃない。水木先生はあたしが腰痛持ちだってことも、右肩が痛くてあがらないってことも言いあてた。朝昼晩、亀の香を焚《た》きなさいとお教えくだすってねえ、香を焚いたら不思議と痛みが薄らいできたんだよ」

なるほど、仏壇には香が焚かれている。

「一本一朱もする亀の香さ。ほうら、おまえさんも御利益に与《あずか》るといい」

おときはそう言って、香盆ごと畳のうえに移した。

伝次は煙に咳《せ》きこみながら、眉に唾をちょんと付ける。

「亀の香だけじゃないよ。黒檀《こくたん》の数珠《じゅず》だってそうさ、肌身離さず付けていると気持ちが休まってねえ。十両だけの値打ちはあるよ」

「じゅ、十両」

「そうさ」

数珠は最初から、おときの腕に巻かれていた。

「亀の香と黒檀の数珠だけじゃないよ。その仏壇だってね、先生のお声掛かりで特別につくらせた代物さ。五十両ちょっとしたけど、それだけの値打ちはあったとおもうよ。なにせ、仏壇を買ったつぎの日から、うちの子どもたちにお座敷が掛かりっぱなしでねえ」

誰かに仕組まれたのだ。伝次は開いた口がふさがらない。

仏壇はどう眺めても、骨董屋《こっとう》に行けば二束三文で買えるような代物だった。

「水木先生のおことばには、いつも心が洗われるおもいだよ」

あるときは念を送られ、あるときは悪霊を祓《はら》ってもらう。またあるときは、先祖の霊をおろしてもらい、進むべき道を教えられる。おときは霊媒師のことばに感動をおぼえ、大金を払うことで魂が救われたと感じていた。

騙されている。

おそらく、文七が褥《しとね》で聞きだしたことを梓巫女に伝えたのだ。

にもかかわらず、おときは裏の繋がりに気づいていなかった。

人はいったん信じこむと、騙されているのを認めたがらないものだ。

文七は霊媒師とつるんで人の不安につけこみ、不安を煽《あお》って金にしている。

だとすれば、あまりに卑劣な遣り口ではないか。

騙されているのは、おときばかりではあるまい。

しかし、これほど手の込んだ悪事を、人形遣いや老婆が考えつくものだろうか。

伝次の脳裏に浮かんだのは、蝙蝠縞の着物を纏った禿頭の男だった。

初音一家のごろつき。

絵を描いているのは、きっと、あいつだ。

「ちょっとあんた、影聞きの伝次とかいったねえ。もう一分積めば、耳寄りのはなしを教えたげるよ」

伝次は袖に手を突っこみ、渋い顔で一分金を置いた。

「ふふ、御厨子《ずし》にはいった聖《しょう》観音様があるんだ。水木先生のはなしではね、この世に二体しかない貴重な御本尊らしい。ただし、一体は御台様が秘かにお求めになられた。もう一体ある。それを、戴《いただ》こうとおもってね」

「いくらで」

「三百両さ」

「げっ」

「たしかに高いけど、置屋を仕切るあたしなら工面できない額じゃない」

おときは、爛々《らんらん》と眸子を輝かす。

狐に憑《つ》かれているとしかおもえない。

「じつはね、観音様を狙っているのが、もうひとりいるんだよ。あたしと同様、水木先生をお慕いする信者さ」

浅草にある海苔屋のお内儀だという。

「ひょっとして、そいつは」

「店の名を知りたいかい。なら、もう一分、面倒だから小判一枚置いていきな」

伝次は一分金三枚を拾いあつめ、俵目の付いた小判を置いた。

「ふふ、教えたげる。浜庄だよ、お内儀はおれん、鮪《まぐろ》みたいなからだつきの大年増さ」

おときは小判を拾いあげ、がりっと端を噛んでみせる。

そして満足げに、鼻の穴から煙を長々と吐きだした。

伝次は、すっかり短くなった亀の香をじっとみつめた。

降り仕舞いの涅槃雪は、しんしんと降りつづいている。

八

翌早朝、靄の立ちこめた百本杭《ひゃっぽんぐい》に年増の水死体が浮かんだ。

嫌な予感がしたので足を向けてみると、凍《い》てつく大川の汀《みぎわ》に鮪のような屍骸《むくろ》が打ちすてられている。

遠目でみても、誰かはわかった。

浜庄のお内儀、おれんにまちがいない。

伝次は襟を寄せ、ぶるっとからだを震わせた。

小者たちが遺体の両手両脚を担ぎ、莚《むしろ》のうえに寝かせている。

釣り竿を提げた野次馬が数人、項垂《うなだ》れたようにみつめていた。

「ふん、かちんこちんに凍ってやがる」

遺体のそばから、よく通る濁声《だみごえ》が聞こえてきた。

天神《てんじん》の駒吉《こまきち》、世渡り上手で目端の利く岡っ引きだ。

縄を打った盗人の女房に手を付け、岡場所に沈めた悪党でもある。

「やべえ」

伝次は俯《うつむ》き、踵を返しかけた。

そこへ、怒声が投げつけられる。

「おい、待ちやがれ」

伝次は立ちどまり、ぺこっと頭をさげた。

「誰かとおもえば、どぶ鼠じゃねえか。こっちへ来い」

「へい」

莚のそばまで近づくと、駒吉が臭い息を吐きかけてきた。

「どぶ鼠が何でうろうろしてやがる。ほとけと知りあいなのか」

伝次は仰臥《ぎょうが》する遺体に、ちらっと目をやった。

肌は蠟人形のように蒼白《あおじろ》く、解《ほつ》れ髪だけは黒々としている。

眸子《みは》をかっと瞠り、口をへの字に曲げた顔が空恐ろしい。

「どうなんだよ、知ってんのか」

「へ、浜庄のお内儀でやす」

「浜庄、浅草の海苔屋か」

「さようで」

「おめえとは、どういう関わりだい」

「別に」

「ほう、しらを切んのか」

「そんなわけじゃ」

「ふん、まあいいや」

駒吉は十手《じって》を握って屈み、ほとけを調べはじめた。

「金瘡《きんそう》はねえし、首を絞められた跡もねえ。水死だな、こりゃ……てえことは、あやまって川に落ちたか、飛びこんだか、あるいは、突きおとされたか。どっちにしろ、雪の降った昨晩のことだ。さぞ、寒かったろうよ」

この世に未練を残さぬためか、雪はすっかり溶けてなくなった。

彼岸の入りともなれば余寒も消え、川の水も温《ぬる》みだすにちがいない。

「おれの勘じゃ、今戸橋の欄干下に女物の雪下駄《ゆきげた》が揃《そろ》えてあるはずだぜ。山谷堀《さんやぼり》に身投げした女郎の屍骸は、この時季、たいていは百本杭に流されてくる。だがよ、心中の線も捨てきれねえ。そうなると、片割れが生きてるってことも考えられるな」

駒吉は、血走ったぎょろ目を剝《む》いた。

「のうのうと生きてる野郎がいるってことさ。なあ伝次、おらあよ、そいつのことが聞きてえんだ」

「知らねえ、おいらは何ひとつ知らねえんで」

「ここで喋りたくなかったら、番屋で訊《き》いてやろうか」

「親分、堪忍してくれ」

「だから、そいつのことを喋ってくれりゃ、手荒なまねはしねえさ。探っていたんだろ、情夫のことをよ。でなきゃ、影聞きのおめえがここにいるはずはねえものなあ」

顔をじっくり覗きこまれ、伝次は俯いた。

「おめえは悋気の強え海苔屋の亭主に頼まれ、女房の尻を嗅ぎまわっていた。そうなんだろう」

図星だ。さすがに、勘は鋭い。

別段、文七のことを漏らしてもよかった。

義理があるわけでもない。縄を打たれたら最後、駒吉の責め苦に耐えきれず、悪事を洗いざらい吐くかもしれぬ。そのほうが手っ取り早いともおもうが、漏らしてはいけないような気もする。

文七とおすまの関わりが知れれば、文化堂の隠居の気持ちに反することにもなりかねぬ。そうなれば、報酬も貰えなくなる。

だが、報酬などよりほかに、漏らしてはいけない理由があるような気がしてならなかった。自分でもよくわからない。ただ、ひとつ言えるのは、岡っ引きの犬にだけは死んでもなりたくないということだ。

どぶ鼠にも底意地はある。底が抜けたらそれで仕舞いだ。

「てめえ、口がねえのか」

駒吉に凄《すご》まれ、伝次は首を縮めた。

「喋りやす、おれんは若え男と逢い引きしておりやした」

「ほう、そうかい」

「そいつは痩せた野郎で」

「顔は」

「みちゃおりやせん。背中しか」

「あんだと」

駒吉は眸子を剝き、拳を固めた。

やにわに、頰桁《ほおげた》を撲《なぐ》りつけてくる。

ぼこっと鈍い音がし、目のまえが真っ白になった。

その場に倒れこみ、気づいてみると、駒吉が見下ろしている。

「今日のところは勘弁してやる。何かあったら、いの一番で報せるんだぜ」

駒吉は背を向け、がに股ですたすた去っていった。

口のなかが、ざらついている。

伝次は起きあがり、ぺっと真っ赤な唾を吐いた。

吐きだされた血には、折れた歯もまじっている。

「くそったれ」

撲られた頰よりも、胸の奥が痛い。

莚に寝かされた海苔屋のお内儀は、虚《うつ》ろな瞳で空をみつめていた。

九

彼岸を過ぎると、麗《うら》らかな春がやってきた。

池の睡蓮《すいれん》は芽を伸ばし、子を孕《はら》んだ雌鮒《ぶな》は細流に泳ぎだす。

墨堤の桜は三分咲きだが、道端には芹《せり》が萌《も》えていた。

頰の腫れは引いたものの、口惜しさは癒えない。

伝次はここ数日、忙しく動きまわった。海苔屋のお内儀の死因を探り、文七の周囲を嗅ぎまわり、初音一家の蝙蝠野郎と怪しげな霊媒師の素姓を調べあげた。

完璧な確証は得られていないが、悪事の大筋を描くことはできた。

影聞きの役目だけなら、この程度で仕舞いにしてもいい。

だが、悪党どもの鼻を明かしてやりたい気もする。

「さて」

どうやって、つぎの一歩を踏みだすか。

伝次は思案に暮れながら大橋を渡り、両国西詰めの広小路にやってきた。

ここはいつ来ても賑やかだ。食い物屋台が並び、そこらじゅうに大道芸人がいる。金輪《かなわ》遣いに蜻蛉《とんぼ》切り、輪鼓《りゅうご》廻しに籠《かご》抜け、悲鳴のあがったほうへ目を向ければ、浪人者が二尺近くの剣を呑んでいる。そうかとおもえば、やたらに首の長い蛇女の隣で大男が火を吹き、やんやの喝采を浴びていたりする。

ぷらぷらしているだけでも、充分におもしろい。

さまざまな見世物小屋が所狭しと並び、なかでも人気を博しているのが、竹沢藤治《たけざわとうじ》の曲独楽《きょくごま》だった。

曲独楽は長らく腹薬の反魂丹《はんごんたん》を売る手管、愛嬌《あいきょう》芸にすぎなかった。

それが竹沢藤治、万治《まんじ》父子の登場以降、客を集めて木戸銭を頂戴する興行になった。

天井の高い小屋の絵看板には「幻戯曲独楽《てづまきよくごま》」とあり、巨大な独楽を操る父子の雄姿が描かれている。

独楽の刃渡りに五段重ねと、演目《だしもの》は凝った趣向に彩られ、とりを飾るのは径二尺、目方六貫の大独楽だった。この巨大独楽を、藤治は一貫七百匁《もんめ》の麻紐《ひも》で自在にまわすことができる。

小屋の内を覗くと、ちょうど、巨大独楽が放たれたところだった。

ぐいんぐいんと音をたて、独楽は土煙を巻きあげながら回っている。

固唾《かたず》を呑んで見守る見物人のなかで、首ひとつ背の高い団子髷の男が眸子を爛々《らんらん》とさせていた。

「あ、浮世の旦那」

伝次はおもわず声をあげ、しっと制された。

巨大独楽はまわりつづけ、濛々《もうもう》と土煙を巻きあげる。

拡がった土煙のせいで、独楽の輪郭はおぼろになった。

そのとき、伝次は信じられない光景を目《ま》の当たりにした。

「それい……っ」

藤治が叫んだ瞬間、巨大独楽がまっぷたつに割れたのだ。

そして独楽のなかから、息子の万治が飛びだしてきた。

「わあああ」

万雷の拍手は鳴りやまず、鼓膜が破れそうになった。

見物人が三々五々帰りはじめても、伝次は幻戯曲独楽の余韻に酔っていた。

竹沢藤治、万治父子は舞台から消え、幕裏の控え部屋に引っこんでいる。

そちらのほうへ、団子髷の男がふわりと近づいていった。

浮世之介である。

白い着物の背中いっぱいに、真紅の天狗面《てんぐめん》が描かれている。

「けっ、あいかわらず、かぶいてやがる」

伝次は呆《あき》れたように笑い、そちらに歩をすすめた。

幕裏を覗いてみると、浮世之介は藤治をつかまえ、独楽のまわし方を尋ねている。

「なあ頼む、誰にでもできるやつでいい、まわし方を教えておくれ。このとおり、後生一生のお願えだ」

「兎屋の親方、何度も申しあげるようだけど、これぱっかしは一朝一夕にできるものではありませんよ」

藤治は迷惑がりつつも、釣りに使う継ぎ竿を取りだした。

「仕方ない。それでは、おみせしましょう」

手頃な独楽を拾ってまわし、短くした竿の先端に載せる。

「あらよっと、独楽の竿渡りでございい」

「ほうほう」

浮世之介は嬉しそうだ。

「おつぎは二本継ぎ、ほっ」

藤治は独楽を宙に飛ばし、竿をすっと伸ばす。

落ちてきた独楽は、新たに伸びた二本目の先端でまわった。

「おつぎは三本、さらに四本」

独楽が宙に飛ばされるたびに、竿がすっすっと伸びていく。

伸びればそれだけ撓《しな》りも大きくなるので、藤治は竿の根元を天井に向かってまっすぐ立てねばならなかった。

「ふほほ、すごい、すごい」

浮世之介は手を叩いて喜び、童子のようにはしゃいだ。

「さあ、お立ちあい、おつぎの五本継ぎにて仕舞いだ。見事成功のあかつきには、拍手喝采を御願いたてまつりまする」

口上の切れ味も鋭く、藤治は独楽を宙に飛ばす。

竿がすすっと伸びた。

ただでさえ先細りなのに、五本目の先端は楊枝《ようじ》なみに細い。

しかも、撓りがきつく、独楽の重みに耐えられそうにない。

伝次は我を忘れ、目を釘付けにされた。

独楽は三本目の継ぎ竿に落ち、旋回しながら滑っていく。

藤治は竿の根元を動かし、撓りを微妙に変えながら独楽を運ぶ。

陸釣《おか》りでもしているようだが、独楽は竿の先端でしっかりまわっていた。

もはや、神業《かみわざ》以外のなにものでもない。

「ほう、ほほほ」

浮世之介はそっくり返り、手を叩いている。

独楽は宙に抛られ、藤治の手に落ちてきた。

「いやあ、お見事。独楽の竿渡り、大いに気に入ったよ。藤治さん、今のを教えてくれんのかい」

「へ」

「さあ、教えておくれ。まず、独楽をどうやってまわす」

暢気《のんき》なことを訊いてやがる。

おもわず、伝次は顔をしかめた。

「あらよっと、こうか、なるほど、やりゃできるもんだな」

浮世之介は短い竿の先端で、上手に独楽をまわしてみせる。

藤治は、うんざり顔で溜息を吐いた。

「親方、そいつをあげるから、とっとと消えてくれ」

浮世之介は継ぎ竿と独楽を押しつけられ、小屋から追いはらわれた。

「へへ、親方」

しょんぼりした背中に声を掛けると、浮世之介が振りむいた。

伝次と気づいた途端、赤ん坊のような顔で笑ってみせる。

「よう、どうしたい」

「あの、例の件でやんすが」

「例の件」

「文化堂のご隠居に頼まれた件」

「おう、それか。どうなった」

「海苔屋の女房が百本杭に浮かびやした」

「海苔屋」

「浅草の浜庄はご存知で」

「浜庄の海苔なら好物さ。身投げかい」

「あっしがおもうに、心中じゃねえかと。いや、心中にみせかけた殺しかもしれやせん」

「そらまた物騒な」

「心中の片割れで生きのこった相手、たぶん、そいつは薩摩座の人形遣いでやす。名は文七、瘡持ちで蠟の付け鼻を付けておりやす。じつは、その文七ってえのが、文化堂の嫁さんを誑《たぶら》かしている野郎でやして」

「ずいぶん、はなしが入りくんでいるねえ」

「入りくみついでに申しあげやすと、文七は谷中にある初音一家の若頭とつるんでおりやす。若頭の名はかわほりの勝造《かつぞう》、いつも蝙蝠縞の着物を羽織っておりやす。こいつが箸《はし》にも棒にも掛からねえ悪党で、文七を使って金持ちの年増を誑かさせ、ごっそり儲《もう》けているらしいんで」

「するってえと、勝造ってのが悪党の大将かい」

「ま、そういうことになりやすかね。勝造は物乞い婆《ばば》を霊媒師に仕立てあげ、線香だの数珠だの仏壇だのを法外な値で売りつけてきやした。ほとけになった海苔屋のお内儀は借金までして、厨子にはいった聖観音を買おうとした。でもやっぱし、騙されていると気づいたんでやしょう。そのせいで、命を縮めたのかもしれねえ。どっちにしろ、追いこまれたんだ、悪党どもにね」

「よく調べなすったねえ」

「仕事でやんすからね」

「で、どうする」

「どうするって、どうしましょう」

「さあ」

浮世之介は惚《ほう》けた面で鼻の穴をほじる。

「親方」

「はいはい」

「文化堂のご隠居は、上手《うま》くことを収めれば手切れ金の一割は払うと仰いやした。どうです。ひとくち、乗りやせんか」

だめもとで水を向けると、恐い顔が迫ってくる。

撲られるのかとおもい、伝次は身構えた。

「乗りやしょう」

浮世之介の口から、意外な台詞《せりふ》が漏れた。

十

墨堤の桜は七分咲きになった。

乗ると言っておきながら、浮世之介はいっこうに神輿《みこし》をあげない。

伝次は痺《しび》れを切らし、へっつい河岸の兎屋を訪ねてみた。

番頭の長兵衛があいかわらず、しょぼくれた面で座っている。

「親方は留守だぜ」

「けっ、またかよ」

「ここ数日は家に籠《こ》もっていなすったが、つい今し方、釣り竿を提げてぶらりと出ていっちまった」

「家に籠もって何してた」

「独楽をまわしていたよ」

「独楽を」

「そうさ、朝から晩までね」

「くそっ、時を無駄にしちまった」

「親方をあてにしてんなら、やめたほうがいい。なにせ、相手は雲だ。雲をつかもうとしても無駄なはなしさ」

「言われるまでもねえ。金輪際、浮世之介はあてにしねえよ」

「ふふ、それが賢明ってもんだ」

伝次はぺっと唾を吐き、長兵衛に背を向けた。

「おっと、待て。そういや、このあいだ、十五、六の小娘がおめえを訪ねてきたぜ。ここに来れば、おめえのヤサを聞けるとおもったらしい。何でも、仁王門のあたりで助けてもらった礼をしてえんだとか」

「それで」

「おめえのヤサなんざ忘れたから、帰えってもらったよ」

「くそっ、富沢町の弥兵衛店《やへえだな》って教えただろ」

「んなこたあ忘れた」

伝次は、がっくり肩を落とす。

「ま、いいじゃねえか。こんど訪ねてきたら伝えてやるよ」

「頼むぜ、おっさん」

「おめえ、妙なこと考えてんじゃあんめえな」

「まさか、小便臭え小娘なんぞに気は向けねえ。礼がしてえんなら、してもらおうとおもっただけさ」

「ならいいがな。おれがみたところ、あの娘はただ者じゃねえぞ」

「莫迦《ばか》いうない。ただの町娘だろう。送りとどけたさきは、湯島天神下のしもた屋だぜ。おとなしそうな母親とふたり、仲睦《むつ》まじく暮らしているんだ」

「黒板塀じゃなかったかい」

「そういや、そうだったな」

「見越しの松は」

「それもあった」

「黒板塀に見越しの松、それに、しもた屋とくれば」

「妾宅《しょうたく》か」

「影聞きのくせに、何で気づかねえ」

「うっかりしてた。あの母親、いってえ誰の妾《めかけ》なんだ」

「そいつは知らねえ。でもな、おれの勘じゃ、ただ者じゃねえことだけは確かさ。親方もそう読んでいる節がある」

「浮世雲が」

「ああ。親方は口にゃ出さねえがな、おれさまにゃ何となくわかんのよ。おっと、忘れるところだ。親方からおめえに言伝があった」

「この野郎、最初から言いやがれ」

気色《けしき》ばむ伝次を無視し、長兵衛は舌で指を湿らせ、平然と帳面を捲《めく》った。

「ほら、ここだ、ちゃんと書きとめてある。いいか、耳垢をほじってようく聞け」

「もったいぶるんじゃねえ」

「狢亭で狢に逢え、だと」

「へ、それだけか」

「それだけだ」

「なんだそりゃ」

「行ってみりゃわかんだろ」

「ふん、おちょくりやがって」

伝次は兎屋を飛びだし、急いで不忍の池畔に向かった。

たどりついたのは四半刻《しはんとき》ののち、西の空は茜《あかね》に染まり、鴉《からす》の群れがねぐらに帰ってゆくところだ。笹藪を抜け、狢亭を訪ねてみると、芳香をただよわす香保里ではなく、身綺麗《みぎれい》な若旦那が応対に出てきた。

「あ」

伝次が驚いたのも無理はない。

相手は文化堂の二代目、善太郎であった。

廊下を渡って奥座敷へ招じられると、隠居の善左衛門が待っていた。

父子で並んで座れば、顔もからだつきもよく似ている。

隠居が眉間に皺を寄せ、苦しげに吐きすてた。

「嫁のおすまが家を出たきり、三日も帰ってこぬ」

善太郎宛に「捜さないでほしい」とだけ、書き置きがのこされてあった。

「例の人形遣いと逃げたのかもしれん。伝次さん、行く先の心当たりはあるまいか」

「はて」

「そうか、困ったのう。善太郎、おまえがちゃんとおすまの心をつかんでおかぬから、こういうことになるのじゃ」

「おことばですが、おとっつあんもご存知のとおり、わたしは五年前、深川の芸者だったおすまをウン百両という樽代《たるだい》を払って身請けし、文化堂のお内儀に迎えました。

ほどもなく、娘のおそでが生まれ、おすまは幸福そうだった。これまで、何不自由のない暮らしをさせてきたつもりです。それなのに、あの女はわたしを裏切った」

「裏切られたとおもうておるのか」

「あたりまえでしょう」

「この、うつけ者め」

怒鳴った拍子に入れ歯を飛ばし、隠居は口をもごつかせた。

伝次が膝で躙りより、入れ歯を拾って塡《は》めてやる。

「ん、すまぬ」

隠居は憮然《ぶぜん》とした顔で、脇息《きょうそく》にもたれかかった。

「善太郎、おぬしは毎晩、深川や柳橋に繰りだして遊んでおるらしいな」

「いけませんか。これも商いのためです。お得意さまをご接待しているのですよ」

「嘘を言え。好きで放蕩をかさねておるのじゃろうが。しかも、若い妾まで囲ってなあ」

「妾を囲うのがいけませぬか」

「居直るでない。商いをないがしろにしておきながら、どの口でほざいておる。おまえがやることをやっておれば、わしとて文句は言わぬ。今の文化堂は番頭で保っている。おまえが腑抜《ふぬ》けたことをしつづければ、店はすぐさま左前になるぞ」

叱りつけられ、善太郎はしゅんとした。

隠居はしみじみとした口振りでつづける。

「考えようによっては、おすまは警鐘を鳴らしてくれたのじゃ。が、もはや、手遅れかもしれぬ」

「手遅れ」

善太郎が眉根を寄せると、善左衛門は溜息を吐いた。

「ああ、おすまは梅川になりかねぬ」

「梅川とは」

「冥途の飛脚に出てくる遊女のことじゃ。文七という人形遣いの十八番《おはこ》だったらしいからの。文七は鼻欠け、そう長くは保たぬ。おすまはそれと察し、彼岸への道行きを決意したのじゃろう」

「どうして、そのようなことを」

「きまっておろう、今の暮らしが淋しかったからじゃ。衣食は満たされても、心は満たされぬ。おすまは情に飢えておるのよ。じゃがな、同情はするが、わしとて容易に許すことはできぬ。おまえだけならまだしも、愛娘《まなむすめ》のおそでまで捨てていったのじゃからなあ。ただし、戻ってきさえすれば、許してやってもいい」

「戻ってきてくれましょうか」

「そうなってほしいのか」

「おとっつあん、わたしは惚れているんです」

善太郎は威厳のある父に向かい、半泣きで訴える。

「おすまが戻ってきてくれるんなら、何でもいたします。金輪際、廓遊びも妾を囲うのもやめましょう」

「それだけの覚悟を、もそっと早く嫁に伝えておけばな、こうなることもなかったであろうに。唯一、おすまをおもいとどまらせることができるもの、あるとすれば、それは母の性《さが》であろう。いとけない愛娘への未練が、おすまを最後まで苦しめるにちがいない」

隠居は、伝次に向きなおる。

「影聞きどの、じつは昨晩、かわほりの勝造なる者が店にあらわれ、善太郎を強請《ゆす》っていきよった」

「え」

「おすまの不貞を世間にばらされたくなかったら、明晩までに三千両を用意しろと申すのじゃ」

「さ、三千両」

文七はもうすぐ死ぬ。使えなくなると踏み、勝造は大勝負に出たのだ。

「払おうとおもえば、できぬ額ではない。じゃが、払ってしまえば相手はつけあがる。金が無くなれば、また強請ってくるのは目にみえておるからな」

「どうなさるので」

「考えあぐね、浮世殿に相談したのさ」

「親方は何て」

「おまえさんを連れ、深川の増花《ますはな》まで遊びにこいと仰った」

「へ」

「何を考えておるのかわからぬが、ともかく、影聞きどのにも足労してもらったというわけじゃ」

増花といえば、深川でも値の張ることで有名な茶屋だ。

「どうであろうな、いっしょに来てもらえるかい」

「そりゃもう」

うなだれた善太郎を留守番に残し、ふたりは猪亭をあとにした。

十一

増花の宴席は、中庭に面した離れ座敷にて催されていた。

広い庭には篝火《かがりび》が焚かれ、七分咲きの夜桜を照らしだしている。

凝った趣向のうえに、並んだ酒肴《しゆこう》の膳も贅《ぜい》を尽くしたものだ。

招かれた客は十数人いたが、みな、しんと静まりかえっている。

無理もない。おたがいに顔も知らず、何の宴《うたげ》かもわからぬまま、足を運んだ連中ばかりだった。

伝次は末席に控え、心ノ臓をどきどきさせている。

少なくとも、何人かの顔は知っていた。

床の間を背にした主賓席には、太鼓腹の白髪頭が泰然と座っている。

初音一家を仕切る親分の松五郎であった。

松五郎のかたわらには、禿頭の大男が侍《はべ》っている。

誰あろう、かわほりの勝造にほかならない。

「蝙蝠縞か」

隣の善左衛門が顔を寄せ、囁いてくる。

伝次は頷《うなず》き、ほかの連中をみまわした。

落ちつかない様子で、初老の男がこちらをちらちらみている。

ほかでもない、お内儀を亡くした浜庄の主人清兵衛《せいべえ》であった。

「ふうん、あれが海苔屋のご主人か」

そっと教えてやると、善左衛門は頷いた。

窶《やつ》れはてた清兵衛は、隣に座る老侍と何事か囁きあっている。

老侍の素姓は知らぬが、ふたりは何やら親しい間柄のようだ。

伝次は招かれた客をもういちど見渡し、おやと首をひねった。

みな、手首に黒い数珠を巻いている。

善左衛門の手首にも、同じような黒い数珠が巻いてあった。

「ご隠居さま、その数珠、どうなされたのです」

「ん、これか。ある偉いお方に薦められてな、厄払いに効能があるというので買《こ》うた」

「おいくらで」

「十両さ、ふふ、安いものじゃろう。なぜか知らぬが、浮世殿にこの数珠を巻いてこいと言われたのじゃ」

「なんと」

頭のなかが、こんがらがった。

突如、襖《ふすま》が開き、賑やかな三味線の清掻《すがが》きが聞こえてくる。

「さあさあ、お大尽の皆々様、今宵《こよい》は置屋の梅本より、綺麗どころを総ざらいしてまいりましたよ」

三味線を掻きながら口上を述べるのは、でっぷり肥えた愛嬌のある女将だ。

「梅本の女将、おときにござります」

おときみずから芸妓《げいぎ》を引きつれ、三味線を掻きならしてみせる。

むかしは深川屈指と評されただけあって、見事なばちさばきだ。

煌《きら》びやかな衣裳《いしょう》を纏った芸者たちも左右から登場し、客の隣に侍って酌をする。

おときが自慢ののどを披露すると、扇を手にした舞妓《まいこ》が濡れ縁にあらわれ、優雅に舞いはじめた。

戸惑った様子の客たちも、酒がはいるとにわかに鼻の下を伸ばし、目尻をさげる。

わけもわからぬまま華やかな宴はつづき、白塗りの幇間《ほうかん》が濡れ縁にあらわれた。

「ご覧じろ、さあ、ご覧じろ。今宵は初音一家、松五郎親分の還暦祝いにござりまする」

松五郎《ろう》は胸を張り、勝造は酌をしてみせたが、客たちはあいかわらず狐につままれたような顔をしている。どうやら、初音一家のふたりだけが宴の主旨を聞かされていたらしい。

幇間は剽軽《ひょうきん》に踊ってみせ、継ぎ竿を取りだす。

「今からご覧にいれまするは、曲独楽にござい」

言うが早いか、独楽と麻紐を取りだし、しゅっと廻してみせた。

短い継ぎ竿の先端で、独楽はしっかり廻りだす。

「さあ、ご覧じろ」

賑やかしの三味線が鳴りひびくなか、一同は目を釘付けにされた。

幇間は滑るように足を運び、宴席の中央まで進んでくる。

「これなる竿は五本継ぎ、ご覧いれまするは独楽の竿渡りにござい」

独楽が宙に飛び、すすっと竿が伸びる。

ところが、竿は伸びすぎて、先細りの先端が勝造の顔面に迫った。

「うわっ」

盃《さかずき》から酒がこぼれ、蝙蝠縞の着物を濡らす。

幇間は竿の先端で、ぺしゃっと禿頭を叩いた。

「ぬわっ、こら、何さらす」

激昂《げきこう》する勝造をおちょくるように、幇間は竿を撓らせた。

――ぺぺん、ぺんぺん。

三味線の伴奏にあわせ、竿は小刻みに禿頭を叩く。

「この野郎」

勝造は憤然と立ちあがった。

三味線の音色がとまり、水を打ったような静寂がおとずれる。

勝造の背後の襖がするすると開き、一同の目が集まった。

矮軀の老婆がひとり、座布団にちょこんと座っている。

「うえっ」

驚く勝造を尻目に、老婆は嗄《しわが》れた声をしぼりだす。

「わたくし、日向水木にござります。高名な霊媒師とは真っ赤な偽り、ここにお集まりの皆々様には多大なご迷惑をお掛けいたしました」

安物の数珠を黒檀の数珠と偽って売り、骨董屋にて二束三文で求めた仏壇や観音様を法外な値で売りつけた。

「すべてはまやかし、わたくしはただの物乞いにござります。そこに立つかわほりの勝造にそそのかされてやったこと」

いまさら謝っても詮無いはなしだが、罪深いおもいに耐えかねて告白したのだという。

勝造は拳を震わせ、膏汗を垂らす。

老婆は皺のなかに目鼻を埋め、苦しそうにつづけた。

「勝造のせいで、浜庄のおれんさまは命を落としてしまわれた。さぞや、ご残族は口惜しいことにござりましょう。今宵は浜庄の旦那さまのみならず、ご実父さまにもおいで願いました」

さきほどの老侍が、弾かれたように立った。

老婆はつづける。

「おれんさまは、そもそも武家から嫁がれたお方、そちらさまは元火盗改の与力、石動源十郎《いするぎげんじゅうろう》さまであられまする」

「おお」

客のあいだから、どよめきがわきおこった。

勝造は眸子を瞠《みは》り、石地蔵のように固まってしまう。

石動源十郎は大刀を手に提げ、すっと足をはこんだ。

前歯を剝き、手首に巻かれた数珠を食いちぎる。

凄《すさ》まじい殺気だ。

「待て、待ってくれ」

勝造はうろたえ、腰砕けになった。

「何を待つ」

石動源十郎は眸子を血走らせ、刀の柄を握りしめる。

「わしもおれんに言われ、亀の香を死ぬほど買わされた。おぬしだけは許せぬ」

ずらりと、白刃が抜きはなたれる。

「ひぇっ」

誰もが惨劇を覚悟した。

と、そのとき。

宙に飛んだ独楽がひとつ、勝造の頭にとんと落ちた。

勢い良く、廻りだす。

「ほうら、動いちゃならねえよ」

戯《ふざ》けたように発するのは、幇間であった。

それが浮世之介であることは、伝次にもわかっている。

石動源十郎は白刃を構えたまま、独楽をじっとみつめた。

幇間は、ゆったりした口調で喋りだす。

「かわほりの旦那、独楽の寿命がおめえさんの寿命だ。寿命が尽きるめえに、懺悔《ざんげ》しな。そうすりゃ、こちらの旦那も白刃をおさめてくださるにちげえねえ」

独楽は頭のうえで、ぶんぶん廻っている。

勝造は半べそを掻きながら、許しを請うた。

「勘弁してくれ、後生だ、何でもする、許してくれ」

その瞬間、老婆は奥へ引っこみ、襖が閉まった。

石動源十郎は刀を鞘におさめ、くるっと背を向ける。

みながほっと肩を撫でおろすと、三味線が賑やかに鳴りだした。

「ほれほれ、お酒呑む人花ならつぼみ、今日もさけさけ明日もさけ」

おときは都々逸《どどいつ》を唄い、芸者たちが弾けたように踊りはじめる。

異様な盛りあがりのなか、勝造だけは頭を抱えたまま震えていた。

今日の命は助かっても、縄を打たれたら最後、明日の命の保証はない。

「むふふ、とんだ余興じゃったな」

善左衛門が口髭《ひげ》を動かし、嬉しそうに漏らす。

石動源十郎が浜庄の旦那をともなって去ると、ほかの客もぞろぞろ帰りはじめた。

なぜか、初音一家の親分までが乾分《こぶん》の勝造を見捨て、そそくさと居なくなる。

みな、憑きものが落ちたような顔をしていた。もっとも、最初に騙されたのは女房たちだ。家に帰って女房を叱りつける算段でも考えているのだろう。

畳の端っこには、独楽が転がっている。

幇間に化けた浮世之介は、芸者にまじって踊っていた。

「まったく、ふざけてやがる」

伝次は吐きすて、ほくそ笑んだ。

十二

弥生《やよい》清明、江戸の町は雛《ひな》祭りで賑わい、女たちはいつにもまして華やいでみえる。

兎屋を訪ねてみると、長兵衛が大欠伸《あくび》をしていた。

「とっつあん、暇そうじゃねえか」

「おう、伝次か。聞いたぜ、かわほりの勝造に沙汰が下ったらしいなあ」

「斬首だよ。さらし首にならねえだけ、儲けもんさ」

海苔屋のお内儀は自分が偽霊媒師に騙されていると気づき、お上に訴えようとして命を縮めた。勝造が水死にみせかけて殺したのだ。

「信心深え年増は騙せても、お天道様は騙せねえぜ。なあ、伝次」

「まったくだ」

「ところで、文化堂の嫁さん、おすまといったっけ、戻ってきたんだってなあ」

「どうしてそれを」

「ご隠居さんが茶飲み話に教えてくれたのさ」

「そっか、ならいいや」

「世間は知らねえことさ。うちの親方にうまくやってもらったと、ご隠居は喜んでいなさった」

ふと、浮世之介は報酬を貰ったのだろうかと、伝次はおもった。

要求された三千両の一割といえば三百両、涎《よだれ》が出る金額だ。

が、おそらく、貰ってはいまい。

どう考えても、あの浮世雲が欲得ずくで動くとはおもえぬからだ。

長兵衛は、垂れた眸子を細める。

「おすまが戻ってきたのは、愛娘のためだったらしいな」

「ああ、子はかすがいってこった」

「人形遣いは、どうしたい」

「行方知れずさ。おおかた、野垂れ死んだにちげえねえ」

「何だか、可哀相じゃねえか。でえち、いっときは薩摩座を背負《しょ》ってたつほどの人気者だったんだろう」

「番頭さんよ、そいつは甘えぜ。文七は驕《おご》ったあげく、鼻欠けになっちまったんだ。野垂れ死んでも文句は言えねえ、自業自得さ」

「でもよ、いいとこだってある。心中するつもりが、最後の最後で、死ぬ気のおすまを説きふせ、家に帰えしてやったんだろう。咎《とが》めるだけの良心が、まだ残っていたってことじゃねえか」

言われてみれば、同情の余地もなくはない。が、伝次にとっては、どうでもよいことだ。

「そういや、例の娘がまた訪ねてきたぜ」

「例の娘って、仁王門のあたりで助けた娘か」

「ほかに誰がいる」

「おれのヤサを教えたんだろうな」

「そいつがな、つい忘れちまった」

「あんだと、このすっとぼけ野郎」

「怒りなさんなって。なにせ、娘の素姓を聞いて、腰を抜かしちまったんだ。おめえも聞いて驚くなよ。あれはな、初音一家の親分、松五郎の娘さ」

「げっ」

「驚いたろう。名はおしのといってな、妾腹だが、松五郎にとっちゃ目に入れても痛くねえ一人娘らしい。そいつを、うちの親方とおめえが助けた。ま、おめえは、おまけみてえなもんだがな」

「そうだったのか」

合点がいった。

浮世之介は松五郎に事情をはなし、宴を仕組んだにちがいない。そもそも、初音一家の親分がひと肌脱がなければ、かわほりの勝造を塡めることはできなかった。

松五郎は勝造の悪事を聞かされ、耳を疑いつつも信じざるを得なかったのだろう。勝造は一家にとって頼りになる男だが、切りすてようと決するのに、さほどの時も要しなかったはずだ。

「ふん、やりやがったな」

おいてけぼりにされたような気分だった。

伝次はしょぼくれた面で、兎屋をあとにした。

陽気にまかせて漫《そぞ》ろに歩み、賑やかな両国広小路まで足を延ばす。

どこからか、花売りの老婆が近づいてきた。

「桃の花、邪気を払う桃の花はいらんかえ。おや、あんた、背中に小鬼がいるよ。うひひひ」

「おめえは、あんときの」

「花売り婆のおろくだよ。あんた、増花の宴席にいなすったね」

「なんだと。あっ、ひょっとして、おめえが日向水木だったのか」

「ちがうよ。狢の旦那が花をぜんぶ買ってくれてね。お返しに手伝ってやったのさ」

「偽霊媒師に化けたのか」

「そうさ。日向水木の正体は、おかめっていう物乞いの婆さんさ。降り仕舞いの雪が降った日の翌朝、大橋のたもとで冷たくなっていたんだ。おかめさんはここんところ、朽ちた苫舟《とまぶね》をねぐらにしていたんだけど、あの夜の寒さにゃ耐えられなかった。可哀相に……なんまんだぶ、なんまんだぶ」

念仏を唱えるおろくの手に、伝次は一分金を握らせてやった。

ふと、気づいてみれば、広小路の一隅に黒山の人だかりができている。

やんやの喝采を浴びているのは、ひとではなく、浄瑠璃の人形だった。

「いよっ、日の本一」

大向こうから、威勢の良い女の声が掛かる。

誰かとおもえば、おちよが満面に笑みを浮かべていた。

拍手を送る見物人のなかには、幼い娘の手を引いた夫婦もある。

「あれは」

伝次は顎を突きだした。

仲睦まじくみえる夫婦は、まぎれもなく、善太郎とおすまにほかならない。

役を演ずる人形は観る者を魅了し、とらえてはなさなかった。まるで、魂を吹きこまれているかのようだ。

一方、肝心の人形遣いは、黒い覆面で顔を隠している。

だが、いくら顔を隠しても、見物人にはわかっていた。

あれほど繊細な動きを表現できるのは、薩摩座の文七をおいてほかには考えられない。

「ふん、生きていやがったか」

文七は命のつづくかぎり、橋詰めの広小路や寺の境内で人形芝居を上演してゆくことだろう。
黒子に徹することで輝きを放つ。
それが人形遣いなのだと、あらためておもう。
伝次は人垣からそっと離れ、土手のうえに登った。
大川の対岸は一面、霞《かすみ》がかかったようになっている。
「桜か」
墨堤の桜は、今が盛りであった。
──ちりん、ちりん。
伝次の耳に、心地よい鈴音が聞こえてくる。
振りむいても、葛籠を担いだ飛脚のすがたはない。
「あっ」
おもわず、声が出た。
土筆《つくし》の伸びた土手際に、釣り竿が一本揺れている。
鈴の付いた竿の先では、独楽がくるくる廻っていた。
「へへ、うめえもんだ」
伝次は、上機嫌でつぶやいた。

月踊り

一

弥生望月は梅若《うめわか》の忌日、京洛《きょうらく》で人買いにさらわれて陸奥《みちのく》へ向かう旅の途中、隅田河畔に露と消えた幼い貴公子の悲運を悼《いた》み、この日だけは空さえも涙雨を降らせるという。

俚諺《りげん》のとおり、朝からしとしと降りつづいた雨のせいで、夜桜の花弁《はなびら》もすっかり濡《ぬ》れてしまった。

小太りの「狢《むじな》」がふたり、枝垂れ柳のつづく不忍池のほとりを歩いている。

ひとりは湯島で絵草紙屋を営む都留屋《つるや》源八、もうひとりは蔵前の森田町で金貸しを営む近江屋《おうみや》喜介であった。

「都留屋さん、もうすぐ夜桜も見納めだね」

「ええ、でも、わたしはもともと、桜にはあんまり興がわきません。野辺に咲く花のほうに惹《ひ》かれます。たとえば、つづみ草のような」

「ほう、つづみ草とはめずらしい」

ふたりは肩を並べてゆっくり歩きながら、宴《うたげ》の余韻に浸っている。

「近江屋さん、雨も熄《や》みましたね。ほら、朧月《おぼろづき》が出ている」

「ほんとうだ、朧月とは風流な」

「日のあるうちに帰るつもりが、すっかり遅くなってしまって」

「都留屋さん、それは手前のせいだ。狢亭の居心地があんまりよいものだから、つい、お引きとめを。若い奥方と赤子が待っておられるというのに」

「いいんですよ、お気になされますな」

都留屋は四十二で子宝に恵まれた。本来なら飛んで帰りたいところだが、今宵ばかりは致し方ない。狢亭での宴は月に一度の息抜き、商いの元手を借りている近江屋から是非にと請われ、案内してやったのだ。

「都留屋さんの仰《おつしや》ったとおり、浮世之介どのは摩訶《まか》不思議なご亭主だ。ことばを交わさずとも、いっしょにいるだけで何やらこう、落ちついた気分にさせられる」

「あくせく生きるのが莫迦《ばか》らしくおもえてきましょう」

「正直、浮世之介どのが霞《かすみ》を食って生きる仙人にみえた。ごろごろしながら上等な酒を呑《の》み、興が乗れば三味線を爪弾き端唄《はうた》を唄い、四方山《よもやま》話に花を咲かせ、聞けば日々の暮らしもそんなふうだという。あのお方は誰かを憎むとか、誰かと争うとか、そういったことはないのだろうか」

「気に入らぬ風もあろうに柳かな、そんな川柳もござります。浮世之介どのはあの枝垂れ柳と同じ。争い事は避け、些細《ささい》なことにはこだわらず、後生楽にふわふわと生きる。もっとも、それが人間本然のいとなみかもしれません」

「なあるほど、これはまたひとつ、ためになった。むほほ」

「ともかく、猪亭は一度来てみると病みつきになります。わたしもある方に紹介していただいたのですが、浮世之介どのを知ると知らぬとでは、ふだんの暮らしぶりが天と地ほどもちがってまいります」

「よい隠れ家をご紹介いただきましたな」

ふたりはにこやかに談笑しながら、無縁坂下までやってきた。

「近江屋さん、あそこに辻駕籠《つじかご》が」

「おや、ほんとうだ。ここでお別れか、名残惜しいな」

「またの機会に」

「是非」

「では、お気をつけて」

都留屋は近江屋をさきに乗せて見送ったあと、みずからも駕籠に乗りこんだ。

「駕籠屋さん、無縁坂を登って降りたさきだ」

「へい」

「さほど遠くはないが、酒手《さかて》をはずむよ。韋駄天《いだてん》走りに駈《か》けておくれ、このごろは物騒だからね」

「合点で」

駕籠はふわりと持ちあがり、都留屋は紐《ひも》を握りしめた。

可愛《かわい》い赤子は母親に乳を貰《もら》い、眠りに就いたことだろう。

寝顔を浮かべるだけで、おもわず、にんまりしてしまう。

駕籠は勾配のきつい坂の途中で、左右に大きく揺れはじめた。

——ひょう、ひょう。

不気味な風音が、間断なく聞こえてくる。

何となく心細い。遅くなるという妻への伝言を持たせ、手代《てだい》をさきに帰したのはまずかった。
風音が女の泣き声に聞こえる。
暮れからつづいた多忙のせいで、神経が高ぶっているのだろうか。
突如、先棒が悲鳴をあげ、がたんと駕籠の前部が落ちた。
前のめりになった途端、こんどは後ろに揺りもどされる。
間髪を容れず、白刃が真横から駕籠を貫いた。
鋭利な切先が閃《ひらめ》きながら、鼻面を掠《かす》めたのだ。
ずぼっと引きぬかれ、すぐに二撃目が刺しこまれた。
「ひぇっ」
咄嗟《とっさ》に首を縮めた途端、月代《さかやき》を浅く削られた。
必死に駕籠から這《は》いだすと、先棒の首無し胴が転がっている。
後棒は尻をみせ、笹叢《ささむら》のほうへ逃げてゆくところだった。
都留屋は躓《つまず》いて足を滑らせ、坂道を転がった。
「うわああ」
途中で道を逸《そ》れ、藪《やぶ》に突っこんでいく。
窪《くぼ》みに尻が落ちた。

頭を抱え、じっと息を潜める。
誰かに恨まれるおぼえはない。
相手は辻強盗か、辻斬りかもしれぬ。
どっちにしろ、去ってくれることを祈るしかなかった。
途方もない時が経《た》ったように感じられた。
行ったか。
ほっと、肩の力を抜いた。
そのとき。
——かさっ、かさっ。
笹を踏みしめる音が聞こえた。
跫音《あしおと》はゆっくり近づいてくる。
都留屋は震えながら祈った。
「どうか、命だけは……もういちど、赤ん坊に逢《あ》いたい……どうか、逢わせてくれ」
鼻先に殺気が迫った。
恐る恐る顔をあげると、月を背にした男が立っている。
「ひぇっ、ご勘弁を……ご、ご勘弁を」

欠けゆく月はおぼろに霞み、男の輪郭を淡く浮きたたせた。

「うわっ」

睨《にら》んでいるのは鬼だ。

恐怖で涙も出てこない。

「死ね、下郎」

吐きすてた唇《くち》もとが薄く笑った。

こんなところで、死にたくはない。

そうおもったら、涙が溢《あふ》れてきた。

——ひゅん。

刃風が唸《うな》った。

「ぬひぇっ」

右肩を斬られつつも、都留屋は相手の腰に縋《すが》りつく。

何か固いものをつかんだ途端、ぶちっと紐が切れた。

膝をつき、前屈《まえかが》みになる。

「……お、お助けを」

都留屋は顎《あご》を突きだした。

血塗《まみ》れの刃が真上から落ちてくる。

ずんと、重い衝撃を頭に受けた。

脳天から、血が噴きだしている。

痛みはない。未練だけが山ほどある。

背筋に悪寒《おかん》が走った。

この世の寒さではない。

頭上の月は消え、唐突に闇《やみ》が訪れた。

二

半月で三人か。

殺《や》られたのは日本橋馬喰町《ばくろうちょう》の堺屋《さかいや》彦左《ひこざ》に神田佐久間町の枡屋《ますや》藤治《とうじ》、そして湯島の都留屋源八、噂《うわさ》によれば、凶刃に斃《たお》れた商人たちはいずれも脳天を割られ、無残な死にざまをさらしていたという。

「物騒な世の中になったもんだぜ」

伝次がへっつい河岸の兎屋を訪ねてみると、番頭の長兵衛がさっそく長細い顔を寄せてきた。

「無縁坂で絵草紙屋が殺られたんだってなあ」

「ああ」

「物盗《ものと》りかい、それとも、辻斬りかい。影聞きのおめえなら、何か知っていることもあんだろう」

「てえしたことは知らねえよ。どうした、絵草紙屋と知りあいなのか」

「親方の狢仲間さ」

「浮世雲の」

「ああ。絵草紙屋は不忍池の狢亭で遊んだ帰《け》えりに殺られた。一家の大黒柱にあっさり死なれ、若えかみさんと生まれたての赤ん坊が遺《のこ》された。親方もたいそう、へこんじまってなあ」

「こりゃ驚いた。浮世雲でも、へこむことがあんのかい」

「あるさ。あのへこみようは尋常じゃねえ」

「今どこにいる」

「知らねえよ」

「だろうな」

そんな会話を交わしているところへ、堂々とした物腰の四十年増があらわれた。

「うえっ、きんちゃくおもん」

長兵衛は帳場で仰《の》けぞった。

蛇に睨まれ、逃げおくれた蛙《かえる》のようだ。

おもんと呼ばれた女は手に提げた巾着《きんちゃく》の口を締め、小粋な霰《あられ》小紋の襟《えり》をすっと寄せた。

「ちょいとお邪魔するよ」

「ささ、どうぞこちらへ、おあがりになってくださいまし」

長兵衛は愛想笑いを浮かべながら、座布団を板の間に置き、丸火鉢まで運んでくる。

へえこらしやがってと思いながら眺めていると、おもんは座布団のうえにちんとおさまった。

淹《い》れたての茶が出され、白い湯気を立ちのぼらせる。

おもんはしかし、口を付けようともしない。

「長兵衛さん、無駄な気を遣うまえに、貸したお金を返してちょうだいな」

「へへ、おいくらでしたっけね」

「二両と二分だよ」

「げっ、そんなになりやしたか」

「なりやした。さあ、謎掛けだ。寝て起きれば増えているものってなあんだ」

「さあ」

「利子だよ、莫迦だねえ」

「仰るとおりで。おもんさん、まちっと待っていただきてえ」

「聞きあきた台詞《せりふ》だけど、まあいいさ。今日は別の用事で来たんだ」

「おや」

長兵衛は横を向き、ぺろっと舌を出した。

きまりわるそうに笑いかける顔が、何とも情けない。

「伝次よ。こちらはな、何を隠そう、親方のお姉《あね》えさまだ。金に困った貧乏人にとっちゃ、菩薩《ぼさつ》のようなお方さ」

「ふん、歯の浮くような物言いをするんじゃないよ。あたしゃ、後家金を人に貸す高利貸しだよ。盗人《ぬすっと》と人殺し以外なら、たいていは貸してやる。伝次さんとやら、おまえさんも金に困ってんならはなしに乗るよ」

おもんはしゃっきりと、立て板に水のごとく喋《しゃべ》りきる。

「ところで、あんた何者だい」

「へ、影聞きを生業《なりわい》にしておりやす」

「影聞きっていうと、浮気な女房の尻を嗅《か》ぎまわるあれかい」

「へい。その他諸々《もろもろ》、世間に知られたくねえ他人様《ひとさま》の秘密を探りやす」

「妙ちくりんな商売だねえ」

おもんはふんと鼻を鳴らし、長兵衛に向きなおる。

「浮世之介は今日も留守なのかい」

「はい」

「それなら、おまえさんに何とかしてもらわないとね」

「親方がおもんさんに借金を。まさか、そんなはなしは聞いておりませんが」

「本人じゃないんだよ。金を借りたのは青沼数之進《あおぬまかずのしん》っていう若侍さ。浮世之介はそいつの請人をやったんだ」

「青沼数之進」

「知らないようだね。あたしも、旗本の次男坊だってことしか知らないのさ。浮世之介が請人だっていうから、貸してやったんだ。ほら、ここに証文もある」

長兵衛は証文を手に取り、顎をはずしかけた。

「うえっ、三十両も貸したんですか」

「そうだよ。期日は昨日だ。一日遅れるごとに利子は跳ねあがる。どうせ、若侍は払えまい。浮世之介が借金をかぶることになる。少しでも利子を抑えてやろうっていう親心さ。腹違いの弟だけど、いちおう血は繋《つな》がっているからねえ。ついでに、おちよの借金もいただいていこうかね」

「へ」

「そっちは、たまりたまって九両二分、間男の首代といっしょだよ。あいかわらず、あの娘は枇杷葉湯《びわようとう》なんだろう。間男がいるんなら、そいつに出させりゃいい」

「おもんさん、いくらなんでも、そんな物言いはしなくても。おちよが可哀相《かわいそう》です」

「そうおもうんなら、おまえさんが払っておあげ」

「手前はただの番頭、そんな大金を右から左にゃ動かせませんよ」

「帳場のお金は、おまえさんの裁量だろう。極楽とんぼの浮世之介が文句を言うはずがないじゃないか」

「何と言われようと、無理なもんは無理なんで」

「わかったよ。なら、三日以内に用意しとくれ」

おもんは冷めた茶を啜《すす》り、すっと腰をあげた。

白足袋を吾妻下駄《あずまげた》に差しいれたところへ、徳松が飛びこんでくる。

おもんと目が合うと、九つの甥っ子は金縛りにあったようになった。

「おや、手習いからお帰りかい。お小遣いをあげるから、手をお出し」

一朱銀を握らせると、徳松はぱっと顔を輝かせた。

「おもんおばちゃん、ありがとう」

「ほほ、きちんと挨拶《あいさつ》ができるようになったね。双親《ふたおや》がだらしなくても子は育つって
ことかい。徳松、おまえ、おばさん家《ち》の子になりな」

「へ」

徳松は目を瞠《みは》り、口をもごつかせた。

「ふふ、冗談だよ。安心おし、さ、行った行った」

おもんは淋《さび》しげな顔で、しっしっとやる。

伝次は少し気になった。辛《つら》い過去でもあるのだろうか。

「それじゃね、番頭さん、三日経ったらまた来るよ」

さっと袖をひるがえし、おもんはこちらに流し目を送る。

「影聞きのお兄さん、おまえさんは何かの役に立ちそうだ。近いうちに、玄冶店《げんやだな》へ訪
ねてくるといいよ」

「へ、ありがとさんで」

後家貸しの手下になって動けば、けっこう美味《うま》い汁が吸えるかもしれない。

伝次は大いに期待しながら、深々とお辞儀をしてみせる。

おもんが去るのを待って、長兵衛が声を掛けてきた。

「伝次、仕事だぜ」

「え」

「青沼数之進とかいう侍えだ。素姓を洗ってくれ」

「若侍をしぼりあげりゃ、三十両を払わずに済むって寸法かい」

「そういうこった、あと三日しかねえ。急ぎの仕事だぜ」

「わかってるよ。ちょろちょろ動くめえに、親方に当たってみるのが早道だろうぜ。どうせ、猗亭にいるんだろう」

「たぶんな。いなけりゃ、家守《やもり》の女に行く先を聞いてみな」

「家守の女って」

「香保里さまだよ。色っぽい年増だぜ、へへ、おめえみてえな醜男《ぶおとこ》にゃ高嶺《たかね》の花だろうけど」

伝次は香保里のことを知っている。

沈丁花《じんちょうげ》の香りがする武家出身の女だ。

狢亭に行けば、香保里にまた逢える。

そうおもうと、心が浮きたってきた。

三

芳香とともに、香保里は応対にあらわれた。

このあいだはたしか、鼠《ねずみ》地に桜貝を散らした着物であったが、今日は藤紫地の縞《しま》に桜花を散らした着物を纏《まと》っている。

富士額の際立つ灯籠鬢《とうろうびん》に鼈甲櫛《べっこうぐし》を挿し、眉はきれいに剃《そ》っていた。肌理《きめ》の細かい肌は化粧をせずとも充分に白く、唇もとには笹色紅を点《さ》している。

いずれにしろ、家守の装いではない。

誰のためにめかしこむのか、聞いてみたくなった。

「影聞きの伝次さんですね」

名を呼ばれただけでも、舞いあがってしまう。

「浮世之介さまは、お留守ですが」

「どちらへお出掛けで」

「さあ、聞いておりません」

玄関口で困っていると、香保里は小首をかしげた。

「あの、おあがりになって待たれますか」

「と、とんでもねえ」

うっかり拒んだことを後悔する。

香保里は正座したまま、穏やかな眼差《まなざ》しを送ってきた。

「ご用件があれば、お伝えいたします」

「それじゃ、青沼数之進を捜しているとお伝え願いやしょう」

「青沼数之進さま」

「へい。その侍えが大金を借りやしてね。利子を載っけて三日以内に返《け》えさねえと、親方が肩代わりしなくちゃならねえんです」

「まあ」

「しかも、金を貸したのは親方の腹違いのお姉《あね》えさまで」

「おもんさまですか」

「ご存知でいらっしゃる」

「ええ、こちらにも何度か、おみえになったことがござります」

「なあるほど」

「おもんさまは、お優しいお方です。差し出口を挟むつもりはありませんが、三日と言わず、もう少し待っていただけるのでは」

「金貸しってな、そんなに甘えもんじゃねえ」

厳しい口調で言うと、香保里は悲しい顔で頷《うなず》き、遠い目をしてみせた。

気まずい沈黙が流れ、小さな溜息《ためいき》が漏《も》れる。

「伝次さんの仰るとおりです。高利貸しのあくどさなら、わたくしも身に沁《し》みているはずなのに、つい、余計なことを口走ってしまって」

涙ぐむ香保里をあつかいかねた。

家の没落は借金が原因だったにちがいない。

伝次は深入りを避けた。

「ともかく、青沼数之進を捜しださなくちゃなりやせん」

「伝次さん、浮世之介さまのために動かれるのですね」

「ま、そうなりやすか」

「お優しいのね」

「でへへ、そんな柄じゃありやせんや」

伝次は耳まで赤くし、おおいに照れてみせた。

このまま永遠に喋っていたい気分だが、そうもいかない。

「じゃ、また寄らせていただきやす。親方がお帰えりになったら、よろしくお伝えくだせえ」

「承知いたしました」

背中を向けたところへ、声が掛かった。

「お待ちを」

「へ」

阿呆《あほう》面で振りむくと、香保里が普賢菩薩《ふげんぼさつ》のように微笑《ほほえ》む。

「もしかしたら、藪狸《やぶたぬき》かもしれません」

「藪狸、何ですかそりゃ」

「北ノ天神の門前にあるお蕎麦《そば》屋さんです。このところ、浮世之介さまはそちらによく行かれるのですよ」

「ありがてえ。それじゃ、さっそくそちらのほうへ」

「お気をつけて」

後ろ髪を引かれるおもいで、伝次は狢亭を離れた。

四

中山道を横切って北ノ天神の門前へ来てみると、なるほど、小ざっぱりした佇《たたず》まいの蕎麦屋がひとつある。

伝次は「藪狸」という号を反芻《はんすう》しながら、暖簾《のれん》を振りわけた。

「いらっしゃい」

奥から、親爺《おやじ》の嗄《しわが》れ声が聞こえた。

客はまばらで、蕎麦を啜《すす》る音も聞こえてこない。

正午にはまだ届かぬ時刻だが、腹は空《す》いている。

「親爺、盛りをひとつ。それから、熱燗《あつかん》も頼まあ」

愛想の良い禿《は》げ親爺が、丸盆に銚子を載せてきた。

「蕎麦は今から打ちやすんで、ちょいとお待ちを」

「いいさ、ゆっくりやってくれ。それより、ひとつ聞きてえんだが、兎屋の親方は来なかったかい」

「今日はみえておりやせん」

「そうかい、ありがとうよ」

親爺はかしこまり、さっさと奥へ消えていく。

と同時に、床几《しょうぎ》の隅の衝立《ついたて》が倒された。

「ぬわっ」

薄汚い浪人が鼻血を流し、床几に這《は》いつくばる。

仲間らしき別の浪人が胸を蹴《け》られ、土間に転げおちた。

「阿呆めら」

月代を剃った大柄の若侍が衝立を踏み、赤ら顔を怒らせる。

「喧嘩《けんか》ならいつでも相手になってやる。この青沼数之進がな」

血相を変えながら飛びだしてきた親爺が、口から泡を飛ばす。

「青沼さま、喧嘩なら外でやってくださいまし」

「わかったよ」

青沼がぺっと唾《つば》を吐くと、浪人ふたりは尻尾を巻いて逃げだした。

「ふん、腰抜けどもが」

青沼も雪駄《せった》を履き、心もとない腰つきで外に出ていく。

伝次は焦りつつ、親爺に叫びかけた。

「今のは誰だ、旗本の穀潰《ごくつぶ》しか」

「さいですよ、酒癖のわりいお侍えでね」

「くそっ、蕎麦を食いそこねた」

伝次は小銭を床几に置き、若侍を追いかけた。

見世《みせ》を出たところで、眸子《まなこ》に「忌中」の文字が飛びこんできた。

招牌《まねき》には「地本都留屋」とあったが、伝次は気にも留めなかった。

青沼数之進は大路を逸れ、北ノ天神の裏手から菊坂町のほうへ向かう。

千鳥足で歩く後ろ姿を眺めれば、酩酊《めいてい》しているとしか言いようがない。

青沼は四つ辻に差しかかった。

「死ね」

突如、抜刀した浪人ふたりが斬りかかってきた。

さきほどの野良犬どもだ。

眸子を三角に吊《つ》り、白刃を掲げている。

つぎの瞬間、酩酊していたはずの若侍が、ぴっと背筋を伸ばした。

ふたつの刃を軽々と躱《かわ》し、振りむきざま、腰の大刀を抜きはなつ。

「いえい……っ」

気合一声、幅広の刀を大上段から振りおろす。

切先は地面を割き、濛々《もうもう》と土煙を巻きあげた。

刃を合わせずとも、すでに勝敗は決している。

煙が晴れたころには、野良犬どものすがたも消えていた。

「ふん」

青沼数之進は刀を黒鞘《さや》におさめ、何事もなかったように歩きだす。

伝次は、ふうっと溜息を吐《つ》いた。

「ありゃ、ただ者じゃねえぞ」

若侍は菊坂町には向かわず、武家屋敷の並ぶ小路を南に取ってかえした。

たどりついたさきはお茶の水、そこからは神田川に小舟を浮かべ、ひたすら東へ漕《こ》ぎすすむ。

伝次も舟賃を払い、水脈《みお》を追った。

けっこうな散財だが、致し方ない。

青沼数之進は舟板に寝そべり、高鼾《いびき》を掻《か》きはじめた。

「若僧め、いい気なもんだ」

旗本の次男坊なら、どうせ無役の居候、穀潰しにちがいない。

嗣子《しし》のいない家の末期養子《まつご》にでもならぬかぎり、一本立ちできる道もないのだ。
ゆえに、拗《す》ね者が多いとも聞く。
おおかた、そうした類《たぐい》であろう。
いったい、浮世之介とはどういう関わりなのだろうか。
伝次は知りたくなった。
小舟は華やかな茶屋の並ぶ柳橋から、大川へ躍りだした。
大橋の下をくぐって斜めに突っきり、竪川《たてかわ》に舳先《へさき》を差しいれる。
一ツ目橋、二ツ目橋と漕ぎすすみ、三ツ目橋のたもとで北岸に寄せていった。
青沼数之進は土手に上がって降り、小路をふたつほどすすんで曲がる。
中小の武家屋敷が並ぶ一角に、青沼家の古びた屋敷はあった。
冠木門《かぶきもん》の内から、艶《なま》めかしい花海棠《はなかいどう》がのぞいている。
伝次は油断なく周囲に目を配り、辻番所へ足を向けた。
辻番所の留守番はたいてい、喋り好きの年寄りだ。
近所の評判を尋ねれば、いくらでも教えてくれる。
くうっと、腹の虫が鳴った。
もう少しの辛抱だ。

五

青沼家は代々武辺者として重用された家系らしく、数代にわたって本丸の書院番をつとめてきた。数之進の父である帯刀《たてわき》も同組頭《くみがしら》をつとめあげたのち、数年前に隠居した。今の当主は兄の伴之進《とものしん》、八つ年下の数之進のほかに男兄弟はいない。母は鬼籍に入り、妹は他家へ嫁いでいた。

伴之進は三十を過ぎ、嫁取りに本腰を入れつつあったさなか、些細《ささい》な失態を演じて上役の不興を買い、西ノ丸の進物方に役目替えとなった。

進物方は大名などからの献上品を管理する閑職、書院番士から選抜されるとはいえ、あきらかな格落ちである。そのせいで良縁に恵まれず、青沼家には女っ気がまったくないとのことだった。

「おれにできるのは、ここまでだ」

影聞きは債鬼《さいき》の片棒担ぎではない。借り手に金銭は要求できぬ。ましてや、青沼の技倆《ぎりょう》をみせつけられているので、渉《わた》りあう気など毛頭なかった。

ここはやはり、浮世之介に相談してみるしかない。

「狢亭へ戻ろう」

伝次は踵《くびす》を返した。

回向院《えこういん》の門前で買った稲荷寿司《いなりずし》を頬張り、歩きで不忍の池畔まで戻った。

狢亭へ向かうには、鬱陶《うっとう》しい笹藪に踏みこまねばならない。

苦労しながらすすむと、どこからか、呻《うめ》き声が聞こえてきた。

懐中に呑んだ匕首《あいくち》の柄《つか》を握り、一歩ずつ慎重に近寄る。

叢《くさむら》が疎《まばら》になった一隅で、半裸の男が膝を抱えていた。

肩を震わせ、泣いている。

「おい、どうした」

声を掛けても、男は顔をあげない。

伝次は屈み、顔を覗《のぞ》きこんだ。

「でえじょうぶか」

男はようやく顔をあげ、どろんとした目を向けてくる。

かたわらに、息杖《いきづえ》が落ちていた。

「おめえ、駕籠かきか」

「さようで」

男は臭い息を吐き、堰切《せき》ったように喋りだす。

「あっしは辻駕籠の後棒で、へい、すぐそこの無縁坂で殺しに出くわしやした」

「何だって」

「先棒が殺られちまったんでさあ」

男は口をゆがめ、また泣きだす。

「おい、しっかりしろ。殺しがあったな、一昨日《おととい》の晩じゃねえのか」

「へい、そうなんで。一昨日の晩から何も食っておりやせん」

「んなことはどうだっていい。駕籠に乗せた客は湯島の絵草紙屋か」

「そいつは知らねえ。でも、無縁坂を登って降りたさきと言われやした」

登って降りたさきは中山道、道の向こうは北ノ天神の門前だ。

伝次の脳裏に「忌中」の文字が浮かびあがった。

「あれか」

藪狸から外へ出たとき、不吉な文字が目に飛びこんできた。

「都留屋、そうだ、殺られたのはたしか、都留屋だったな」

辻斬りは自分を追ってくると、後棒はおもいこんだ。

きっと、捜しだされて殺される。だから、家に帰ることもできず、寒風の吹きぬける笹藪に隠れていたというのだ。

「それで、おめえ、何をみた」

「相棒の首が坂道を転がっていきやした」

「ほかには」

「からだの厳《いか》つい侍えがひとり、坂道をゆっくり降りていきやがった」

「顔はみたのか」

「と、とんでもねえ。でも、悲鳴を聞きやした」

「斬られた絵草紙屋のか」

「たぶん」

「それで」

後棒は悲鳴に引きよせられ、惨劇の場に近づいていった。

すると、血達磨《だるま》になった客が右手を突きあげていたという。

「客の右手にこれが」

後棒は袖をまさぐり、高価そうな印籠《いんろう》を取りだした。

提げ紐が切れている。下手人の持ち物かもしれない。

伝次は頬を強張《こわば》らせた。

「おめえ、とんでもねえものを預かったな」

「仕方なかったんでさ。いまわの願いを聞かねえやつは地獄へ落とされるって、死んだ婆《ばあ》ちゃんに教わったもんだから」

「どうして、そいつを番屋に届けねえ」

「番屋はどうも苦手で。いかさま博打《ばくち》で二度捕まっておりやす」

「そうかい。ま、賢い了見だぜ。岡っ引きの手柄になんぞしたかねえからな。どれ、そいつを寄こしてみろ」

伝次は印籠を受けとり、表裏をじっくり眺めた。

赤い部分は血で、全体に金箔《きんぱく》が貼られており、両面に特徴のある家紋が描かれている。

「月に群雲か」

これだけの品なら、調べれば足が付く公算は大きい。

「兄い、そいつを頼みます」

後棒は吐きすて、這うように逃げだす。

「おい、待ちやがれ」

逃げ足は早く、人影はすぐに消えた。

「くそっ、とんでもねえものを押しつけられた」
伝次は血染めの印籠を握りしめ、途方に暮れた。

六

夕刻、伝次はやっと浮世之介をつかまえた。
北ノ天神の門前にある都留屋の表口、日没前から通夜の読経《どきょう》が響いている。
殺された都留屋源八と関わりのある者たちが、焼香の長い列をつくっていた。
店のわきでは、黐竿《もちざお》を手にした洟垂《はな》れどもが雀《すずめ》を獲《と》ろうと躍起になっている。
浮世之介はそばに佇み、童子らの様子を惚《ほう》けたように眺めていた。
声を掛けようとして、伝次はためらった。
浮世之介の頬が、涙で濡れていたからだ。
非業の死を遂げた都留屋源八と、よほど仲が良かったのだろう。
みてはいけないものをみてしまったような気がして、伝次はしばらくそこに佇んだ。
我に返ってみると、浮世之介が黐竿を手にし、梢《こずえ》にとまった雀を狙《ねら》っている。
洟垂れどもは固唾《かたず》を呑み、長細い木のてっぺんを見上げていた。

すっと竿が伸び、鳥黐が獲物をとらえた。

「わっ、やった、やった」

洟垂れどもが騒ぎたてると、店のなかから手代が駆けてきた。

「こら、静かにしろ」

「わあああ」

子供たちは歓声をあげ、蜘蛛《くも》の子を散らすように逃げてゆく。

浮世之介は何食わぬ顔で、その場から離れていった。

「親方」

伝次は駆けより、丸まった大きな背中に声を掛けた。

「よう、おまえさんか」

「あの、親方に聞きてえことが」

「それなら、蕎麦でも食いにゆこう」

浮世之介が足を向けたさきは、ほかでもない、藪狸であった。

暖簾を振りわけると、愛想の良い親爺に出迎えられた。

燗酒につづき、しばらくして盛り蕎麦が出された。

「ここの蕎麦はうめえぜ」

浮世之介は酒を舐《な》め、蕎麦をぞろぞろ啜る。

伝次もこれにならった。

「どうだい」

「へ、さすがは親方、舌が肥えていなさる」

「だろう。この見世は、死んじまった都留屋の旦那に教えてもらったんだ。湯島でいちばんだって聞かされてな」

「はあ、そうでしたか」

「人の命は儚《はかね》えなあ。つい、このあいだも、ふたりでここの蕎麦を食ったばかりさ。旦那は養子を貰って若隠居するつもりだったが、娘ができてそうもいかなくなった。これからは娘のために懸命に働くつもりだと、嬉《うれ》しそうに喋った様子が目に浮かぶ」

しばらくは沈黙を肴《さかな》に酒を呑み、伝次はこれまでの経緯《いきさつ》をぼそぼそ語りはじめた。

浮世之介は手酌で呑みながらじっと聞いていたが、説明が終わると酒を注《つ》いでくれた。

「さ、口を湿らせな」

「へ、ありがとさんで」

「青沼数之進てえおひとのことだが、知りあったのはここだよ」

青沼は深酒をして客と喧嘩になり、浮世之介が仲裁にはいった。

「朝までいっしょに呑んでやったら、すっかり懐《なつ》かれちまってねえ。飲み代にも困っているというから、玄冶店のおもん姉さんを紹介したのさ」

「なあるほど」

「おもん姉さんは、青沼さんをあてになぞしていねえよ。でえち、旗本の次男坊に稼ぎなんぞないからね。かといって、小遣いを貰えるわけでもなし。家のものを盗んで質草に入れるか、辻強盗でもしねえかぎり、一合の酒にもありつけねえのさ」

「それじゃ、親方が肩代わりしなさるので」

「最初から、そのつもりだよ」

「あら」

「ついでに、おちよのぶんも払っといてやろう。そうだ、ちょうどいい。おまえさんの口から、長兵衛にそう伝えとくれ」

釈然としないおもいは残るものの、浮世之介が快く借金を払うというのなら、青沼数之進をこれ以上調べる必要もない。

伝次は袖口に手を突っこみ、印籠を取りだした。

「何だい、それは」

「じつは、狢亭に向かう途中、藪んなかで駕籠かきにこいつを託されやした。駕籠かきってな、都留屋の旦那を乗せた辻駕籠の後棒でやす。提げ紐が切れておりましょう。ひょっとしたら、都留屋の旦那が下手人の腰帯から咄嗟《とっさ》に引きちぎった品じゃねえかと」

「血染めの印籠か」

「家紋は月に群雲でやす」

「ん」

浮世之介の眸子が光った。

「親方、どうかしなすったので」

「月に群雲といやあ、青沼家の家紋だよ」

「げっ」

「そういえば、数之進さん、先祖伝来の印籠を七つ屋に預けたと言ってたなあ」

浮世之介は顎を撫《な》でながら、他人事《ひとごと》のように言う。

「親方、都留屋の旦那が三人目だってのはご存知でやしょう」

「ああ、知っているよ。この半月で斬られた商人は三人もいるとか」

「ひとり目は馬喰町の堺屋彦左、ふたり目は佐久間町の枡屋藤治、そして三人目がお友達の都留屋源八、三人とも脳天を割られていたそうで。遣《や》り口から推すと、同じ下手人かもしれやせんぜ」

「殺された三人の素姓に、共通するところはあんのかい」

「さあ、これといってありやせんが、堺屋と枡屋はけちな金貸しでやす」

「ほほう、金貸しか」

浮世之介は眸子を細める。

「親方、それが何か」

「ふと、おもったんだが、都留屋の旦那は人違いで殺《や》られたのかもしれねえ」

「え、人違い」

「あの夜、旦那は狢亭に客人を連れてきなすった。近江屋喜介さんといってね、そのお方はたしか、蔵前の森田町で金貸しを営んでいたはずだよ。ふたりは揃って夜道を歩いて帰ったからねえ」

「するってえと、殺しの本命は都留屋ではなく、近江屋のほうだった。そういうこってすかい」

「だとすりゃ、殺しはまだつづく」

「近江屋が危ねえ」

「そういうこと」

「親方」

「何だい」

「青沼数之進が印籠を預けた七つ屋ってな、どこです」

「浅草橋の柳屋《やなぎや》だよ。調べてみるかい」

「へい」

勇んで返事をしてみたものの、後悔の気持ちが少しある。

印籠を預かったせいで、とんだことに巻きこまれちまった。くそったれ。

胸の裡《うち》で悪態を吐きつつも、下手人をつかまえてやりたい気持ちがないといえば嘘《うそ》になる。

いつもの自分なら、頰被《ほおかぶ》りをして橋の手前で引きかえすにちがいない。

おもいがけず目にした浮世之介の涙が、心の片隅にある良心を擽《くすぐ》ったのかもしれなかった。

まんがいち、青沼数之進が下手人であったならば、三途《さんず》の川を渡ることにもなりかねない。

伝次は不安を募らせながら、対座する暢気《のんき》な男の顔をみた。

浮世之介は追加で注文した蕎麦を、美味そうに啜っている。

「親方、蕎麦を食ってる場合じゃありやせんぜ」

「お、そうかい」

ずるずるっと蕎麦を啜る音に、伝次は気を殺《そ》がれた。

七

伝次はさっそく浅草橋の質屋におもむき、月に群雲の印籠が青沼数之進の預けた品に「ほぼ、まちがいない」との言質《げんち》を得た。

質屋の親爺は、青沼数之進の風貌もはっきりとおぼえていた。ただし、親爺の記憶では預けられたのが半月ほどまえで、本人のもとへ返したのが昨夕であったという。

そうなると、殺しの発生した一昨日の晩、印籠は質屋に預けられていたことになる。

辻褄《つじつま》が合わない。

瓜《うり》ふたつの印籠が存在するのだろうか。

若侍を下手人ときめつけるのは、早計かもしれぬ。

伝次は頭を混乱させ、翌夕、おもんのもとへ足を向けた。

長兵衛のはからいで、すでに、兎屋からは返金がなされている。

自分の口添えがあったからだと告げ、恩を売っておこうと考えたのだ。

しかし、逢いたい理由はそれだけではない。長兵衛に尋ねたところ、おもんは疱瘡《ほうそう》で七つの愛息を亡くしていた。ずいぶんむかしのはなしだが、数年後に夫も失ってからは、すべてを忘れるため、商いに没頭したのだという。

そうした辛い過去を聞き、伝次はわずかでも役に立ちたいとおもった。

謎に包まれた浮世之介の出自も、聞いてみたい気がする。

血の繋がった姉ならば、きっと素姓を知っていよう。

おもんの店は、玄治店の表通りに面していた。

露地裏に踏みこめば、おちよの住む裏長屋がある。

金貸しにしては暗さもなく、間口が狭いということもない。

敷居をまたぐと、おもんとおちよが帳場のわきで差しむかいに座り、せんべいを嚙《かじ》っていた。

「おや、影聞きのお兄さんじゃないか。名は何と言ったっけ」

「伝次でやす」

「そうそう、伝次さんだったね。眉毛の繋がった長兵衛の遣いに聞いたよ。このたびはずいぶん、骨を折ってくれたそうじゃないか」

「あっしなんざ、何にもしちゃおりやせんよ」

「おや、そうなのかい。なら、褒美はよしにしとこう」

「ちょ、ちょいとお待ちを」

「何だい」

「何もしてねえってのは、言いすぎでやした」

「おや、褒美が欲しいのかい。あんまり欲を掻くと、ろくな死に方はしないよ」

これ以上褒美にこだわれば、深みに填《はま》るだけのはなしだ。

むっつり黙りこむと、おちよが助け船を出してくれた。

「お義姉《ねえ》さん、そんなにいじめちゃ可哀相ですよ」

「そうかい、ま、あんたがそう言うんなら、よしとこうか」

何やらこのふたり、ずいぶんと仲が良い。

「貸し借りがなくなりゃ、馬の合うふたりさ。あたしゃもともと、おちよのこざっぱりした気性が好きでねえ。浮世之介のやつにおちよを薦めたのも、このあたしなんだよ。うふふ、しくじったけどね」

「あら、お義姉さん、しくじったはないでしょ。わたしはこれでも、まだ兎屋のお内儀《かみ》なんですよ」

「そうだろうさ、浮世之介が縁切りしないかぎりはね」

「それじゃ、わたしは死ぬまで兎屋の女房だ。旦那さまが縁切りするはずはないもの」

「そりゃそうだ、ほほほ」

おちよも笑いながら席をたち、茶を淹れに奥へ引っこんだ。

おもんは膝をたたんで座りなおし、顔をぐっと引きしめる。

「ところで伝次さん、ちょいと調べてほしいことがあるんだよ」

「へ、何でやしょう」

「まずは、これをみとくれ」

おもんは一枚の証文を差しだした。

借り主の姓名はくずし文字で記され、読みづらい。

貸付金の元本は六十両、別途、利子が記載されており、これが異様に高かった。

期日までに返済できなかったため元金と利子を合わせ、新たな借金として改められた証文のようだ。

「それにしても、高え利子でやすね」

「しかもさ、月踊りの証文なんだよ」

「月踊り」

「ああ、そうさ。これ一枚で利子の二重取りができるってわけ」

旧《ふる》い証文の最後月と新しい証文の最初月を重ねると、その月の利子を二重に取ることができる。これを、金貸しのあいだでは「月踊り」と呼んだ。

「月踊りは御法度だ。あたしだって渋々応じたんだよ。なにしろ、相手が相手だからね、逆らったら潰されちまう」

「相手ってのは誰です」

「貸し主のところをご覧、あたしの名の隣に奥印を捺《お》した御仁の名があるだろう。そいつのことさ」

「大口屋《おおぐち》惣右衛門《そうえもん》」

「蔵前の札差《ふださし》だよ。お城のご老中だって、下手《へた》に逆らえない相手さ」

証文には、さらに裏があった。本来の貸し主は大口屋であるにもかかわらず、おもんの商う貸し金を斡旋《あっせん》したかたちにしているのだ。

おもんによれば、日頃から世話になっている黒船町の口入屋《くちいれ》甲州屋《こうしゅう》吉兵衛《きちべえ》に「どうしても」と頼まれ、名を貸してやったのだという。

「名貸しだけで利子の五分を手にできる。濡れ手で粟《あわ》のおいしいはなしだけど、法度破りはやりたくなかったのさ」

大口屋は奥印金と称して、別途、借り主から斡旋料をも取るという。

まさに、人の弱味につけこんだあくどい手法であった。

それでも、当座の金に困った旗本や御家人《ごけにん》は高利の金を借りたがる。

無論、お上は快くおもっていない。借り手を守る最終手段として、借金を棒引きにさせる棄捐令《きえんれい》を発したことも何度かあったが、そうなると誰も侍には金を貸さなくなり、旗本や御家人はかえって困る。正直、これといった救済策はないのが現状だった。

一方、札差がちっぽけな金貸しの名を使いたがる理由は、奥印金を儲《もう》けたいためではなかった。お上の糾弾《きゆうだん》を免れるための小細工にほかならない。法度で定められた利子を上回る月踊りなどの不正がばれたら、身代《しんだい》を没収される闕所《けつしよ》等の重罪に問われる。

お上の詮索を避けるには、証文を小分けにするのが常道とされていた。五百両の貸金なら、五十両で十枚の証文を用意する。お上は十両単位の証文まで調べないので、よほど腰を据えて調べなければ不正の全貌は表に出にくい。

こうした手法に噛《か》んでいるのが、おもんのような金貸しなのだ。

おちよが茶を淹れてきた。

「お義姉さん、わたしはこれでお暇《いとま》しますよ」

「帰るのかい。また遊びにきな」

「お金がなくなったらね」

「ふん、げんきんな娘だよ」

そそくさと出てゆくおちよの背中を、伝次はみるともなしに見送った。

おもんが、膝を躙《にじ》りよせてくる。

「伝次さん、借り手の名をみとくれよ」

「達筆すぎて読めやせんぜ」

「そいつはね、青沼伴之進と読むのさ」

「げっ」

「わかっただろう。青沼数之進の兄上さまだよ」

奇遇としか言いようがない。

青沼家の長男は札差から金を借り、弟は吹けば飛ぶような高利貸しの金を借りた。

おもんは偶然にも、両方に関わってしまったことになる。

「いいかい、はなしはここからだよ。この半月で三人もの商人が誰かに斬られた。そのうち、ふたりはあたしと同じ金貸しさ。しかも、知らない連中じゃない。ふたりとも甲州屋吉兵衛の世話になっている。あたしもふくめ、みんな大口屋の宴席に呼んでもらったことがあるんだよ」

「殺されたふたりの金貸しも、これと同じ証文を持っていたかもしれねえと仰るんで」

「そこを調べてほしいのさ。青沼伴之進の一件で大口屋に名貸しをした高利貸しは、あたしのほかにも何人かいたはずだ。口入屋に聞いても梨の礫《つぶて》でね、教えてくれないんだよ。天下の大口屋が六十両ぽっちで、これだけ手の込んだ細工をするとはおもえない。少なくとも、証文をぜんぶ合わせれば二、三百両にはなるはずだよ。殺されたふたりも名貸しの仲間にはいっていたとしたら、つぎに狙われるのはあたしかもしれない。何やら、不吉な予感がするんだよ」

いったい、誰に狙われるというのだろうか。

「すぐにおもいつくのは、金を借りた相手さ」

「青沼伴之進」

「そうだよ。証文にある貸し主を調べて片っ端から殺っちまえば、借金はちゃらになる。そんなふうに勘違いしているのかもしれない。大口屋っていう元を断たないかぎり、無駄なはなしだってのにねえ。ともかく、できるだけ早く調べておくれ」
「承知しやした」
伝次は約束し、仕度金を貰って外に出た。
すでに陽《ひ》は沈み、あたりは薄闇に閉ざされつつある。
通りを曲がったところで、目つきの鋭い月代侍《さかやき》に出くわした。
ひょいと避《よ》けた拍子に、横顔を盗み見る。
見覚えのある顔だが、すぐには思いだせない。
やり過ごしたあと、伝次は胸騒ぎを感じ、踵を返した。
表通りに戻ってみると、男のすがたはどこにもない。
「くそっ」
脱兎のごとく、走りだす。
「きゃああ」
帛《きぬ》を裂くような悲鳴が聞こえた。
おもんだ。
水場に置かれた金盥《かなだらい》を咄嗟に拾った。
微塵《みじん》の躊躇《ちゅうちょ》もない。

店に飛びこむ。

「御用だ、神妙にしろい」

叫びあげると、覆面の男が振りむいた。

まちがいない、さきほどの侍だ。

白刃を握っている。

「御用だ、御用だ」

手に取った擂《す》り粉木《こぎ》で、金盥をがんがん叩《たた》いた。

覆面の男は驚き、勝手口から逃げてゆく。

隣近所の連中が、玄関口に集まってきた。

おもんは腰を抜かし、立つこともままならない。

「姐《ねえ》さん、お怪我《けが》はありやせんか」

「平気だよ、おまえさんは命の恩人だね」

「どうやら、姐さんの勘は当たったらしい。ここにゃ居られやせんぜ」

「そうだね、兎屋まで送ってくれるかい」

「合点で。さ、負ぶってめえりやしょう」

「いいのかい」

「遠慮なんざ、いりやせんや」

「ありがとうよ。おまえさん、見掛けによらず、男らしいじゃないか」

おもんはぐすっと洟《はな》を啜り、背中に負ぶさってきた。

伝次はよろめきつつも、どうにか足を踏んばった。

八

血の繋がった姉が襲われたというのに、浮世之介は格別の動揺もみせなかった。

ひとこと礼を言っただけで、いつもどおりに泰然と構え、ふらりと居なくなる。

近所を捜してみると、洟垂れどもといっしょに黐竿で雀を獲ったりして遊んでいた。

季節は春たけなわ、品川沖では鱚《きす》や鰈《かれい》の釣り便りも聞かれるようになった。

数日は日和《ひより》もよく、八重桜は盛りを迎えたが、弘法大師《こうぼうだいし》の命日にあたる二十一日は江戸に花散らしの風が吹きあれた。

この時季、深川八幡宮《はちまんぐう》は山開きとなり、数々の花木に彩られた永代寺《えいたいじ》の庭はひとびとに開放される。

浮かれ調子で遊山《ゆさん》に繰りだした連中のなかに、浮世之介のすがたもあった。

白地に黒い蝙蝠《かわほり》をちりばめた装いは、先月懲らしめてやった地廻《じまわ》りの扮装《いでたち》から着想を得たものらしい。

髪はあいかわらず、妙ちくりんな団子髷《まげ》に結い、銀《ぎん》の簪《かんざし》を一本挿している。

上背もあるので、群衆のなかで見失う恐れはなかった。

伝次は気軽に呼びとめようとして、おもいとどまった。

影聞きの勘がそうさせたのだ。

浮世之介は遊山にかこつけ、誰かの背中を追っていた。

御高祖《おこそ》頭巾の女だ。

すらりとした細身のからだをまるめ、女も別の人物を追っていた。

遠くからでも、よくわかる。

女が追っているのは、鯰《なまず》面の肥えた商人だった。

光沢のある絹地の中着に黒羽織を纏い、芸者衆を連れて我が物顔に闊歩《かっぽ》している。

素姓を聞くまでもなかった。

羨《うらや》ましげに眺める連中が、口々に噂しているのだ。

「あれは蔵前の札差、大口屋惣右衛門さ」

「いかにも強欲そうな男じゃないか」

「芸者衆を引きつれ、行楽場を練りあるいているらしい」

「たいそうな羽振りだ、昨今はお大名でもああはゆかぬ」

浮世之介は御高祖頭巾の女を追い、女は大口屋の様子を窺《うかが》っている。

伝次は立ちどまり、周囲をきょろきょろ眺めまわした。

自分も誰かに跟《つ》けられているのではないか。

そんな不安に駆られたのだ。

浮世之介は袖を靡《なび》かせ、泳ぐように人混みのなかをすすんでいく。

午後になって凪はおさまってきたが、花吹雪《ふぶき》は盛んに舞っていた。

八重桜の老木が佇むあたりで、伝次は浮世之介を見失った。

御高祖頭巾の女と大口屋の一行は、行く手にちゃんといる。

太い幹を巡ってみると、ふいに襟首をつかまれた。

「うえっ、何しやがる」

「心配えするな、おれだよ」

見上げれば、浮世之介が笑っている。

「影聞きにしちゃ、お粗末な跟け方じゃねえか、なあ」

伝次は観念するしかない。

「声を掛けそびれちまったんですよ」

「そうかい。で、何の用だ」

「何の用って、親方の尻を叩こうとおもったのさ」

「おれは馬じゃねえぞ」

「わかっておりやすよ」

「ほれ、こいつをみな」

浮世之介は袖口から、紙切れを一枚取りだした。

「ほう、近江屋の貸付証文じゃありやせんか」

奥印は大口屋惣右衛門、借り主は青沼伴之進、元本は金八十両也《なり》とある。

返済期限はとみれば、おもんの貸付証文に記された日付と同じだった。

「近江屋さんが狢亭に遊びにきたいってんで、お持ちいただいたのさ。もちろん、写しだよ。ついでに、こっそり聞いてみた。ご同様の貸付証文を持っている御仁は、ほかにいないかってね」

「おりやしたかい」

「いたよ。ひとりは、おもん姉さんだ」

「ほかには」

「ふたりいた。でも、ふたりとも、今はこの世にいない」

「堺屋彦左と枡屋藤治」

「ご名答、ご両人とも貸付金の元本は八十両だったらしい。おもん姉さんの六十両もふくめれば、四人合わせた元本の合計は三百両さ。そいつが青沼伴之進の借りた金額だ。もっとも、月踊りの証文らしいから、繰りこされた利子のぶんもふくまれているのだろう」

近江屋、堺屋、枡屋の三者は秘密を共有していた。おもんだけは、女という理由で蚊帳《かや》の外に置かれたのだ。

「おもんさんのご心配えなすってたとおりだ。親方、近江屋が危ねえ」

「それとなく聞いてみたら、旦那もたいそう案じておられ、腕の立つ用心棒を雇ったそうだよ。無縁坂で斬られた都留屋さんは自分の身代わりになったのかもしれないと、暗い顔で漏らしていなさった」

「都留屋の旦那を殺ったな、青沼伴之進でやしょうかね」

おもんを襲った侍の横顔を浮かべ、伝次はそう言った。

浮世之介は応じることもなく、木陰から向こうを眺める。

眼差しの遥《はる》かさきでは、大口屋の一行が騒いでおり、その様子を別の木陰から御高祖頭巾の女が窺っていた。

「あの女、誰なんです」

「わからねえのかい、香保里さんだよ」

「えっ」

「大口屋に、いささか恨みがあるらしくてね」

香保里の亡き父は佐久本作兵衛《さくもとさくべえ》といい、三年前まで勘定吟味役をつとめる幕府の重臣だった。佐久本家は家禄《かろく》三千石の大身《たいしん》旗本、香保里は何不自由なく育ち、遠縁にあたる旗本の家につつがなく嫁入りも済ませていた。が、突如として不幸に見舞われた。

父作兵衛が札差の不正を糾弾すべく内偵をすすめているさなか、辻斬りに遭って非業の死を遂げたのだ。しかも、跡継ぎの兄までが同様の手口で斬られ、嗣子不在の佐久本家は断絶の憂き目にあわされた。

母も心労で亡くなり、香保里は嫁ぎ先から離縁されて天涯孤独の身となった。仕方なく頼った下僕には騙《だま》され、花街へ売られる寸前までいった。たまさか事情を知った浮世之介に、運良く助けられたのである。

「数奇な運命だろう」

伝次は同情を禁じ得ない。

「それにしても、何でまた、大口屋に恨みを抱いておられるので」

「亡くなったお父上が書置きを遺していたのさ」

書置きのなかには、札差仲間の肝煎《きもい》りでもある大口屋への疑いが列挙されていた。

残念ながら、今となっては不正を証明する手だてもなく、恨みだけが残ったのだ。

「香保里さんは心に傷を負っている。そいつが疼《うず》いてしょうがねえ。だからああして、大口屋の背中を追っかけているんだよ。腰帯に短刀まで差してね」

「まさか、喉笛《のど》でも搔こうって腹じゃ」

「そうしたくとも、易々《やすやす》とはできねえだろうな。札差のかたわらにゃ、腕っこきの用心棒が控えている」

言われてみれば、一行のなかに、それらしき浪人者の影がある。

「山根甚内《やまねじんない》という有名な剣客だよ」

「まちげえをおかさぬように、旦那が見張っていなさるんですね」

「さあ、どうだか。おれにゃ何にもできねえさ」

自嘲《じちょう》してみせる浮世之介を、伝次は少しばかり見直した。

「おめえさんが声を掛けてやんな。そうすりゃ、今日のところは矛をおさめるにちげえねえ」

「親方は」

「そこいらで一杯しっかけてくらあ」

「一杯しっかけたあとは、どうなさるご予定で」

「門前の二軒茶屋にでも行ってみるかな。今宵、札差主催の宴席があると聞いたから」

「そいつを早く教えてくだせえよ」

「来るのかい」

「あたりめえでしょ」

「修羅場になっても、知らねえぜ」

「のぞむところでさあ」

どんと胸を叩く自分が、伝次は不思議で仕方ない。

生きながらえるために、敢《あ》えて火中の栗《くり》を拾うようなまねだけは、ずっと避けてきたからだ。

「ほら、香保里さんが動いたぜ。すげえ殺気だ。急いで声を掛けてやんな」

「合点承知」

伝次は千筋の裾《すそ》を引っからげ、鉄砲玉のように駆けだした。

九

二軒茶屋は江戸屈指の料理茶屋で、大名家の留守居役が幕府重臣の接待に使うようなところだ。大口屋惣右衛門は金にものをいわせ、こうした茶屋で毎晩のように酒宴を張っているらしかった。

伝次は暗闇に紛れ、茶屋の裏口を張りこんだ。

というのも、大口屋自身が人目を忍ぶように、裏口から茶屋に揚がったからである。

半刻《はんとき》ほどすると冷気がわだかまり、足踏みしないと寒くてしょうがなくなった。

伝次は四半刻おきに周辺を巡り、それらしき人影がないかどうかを確かめた。

浮世之介のすがたはどこにもない。

都合ができて来られなくなったのか、あるいは、茶屋のなかで遊び呆《ほう》けているのか。

どっちにしろ、裏切られた気分だ。

「何が修羅場だ、あの野郎」

この一件にどこまで本気なのか、疑いたくなってくる。

何をやるにも真剣味がなく、気儘《きまま》にふわふわ生きている。

そんな男を信用したのが、まちがいだったのかもしれぬ。

そうはいっても、乗りかかった舟から降りるわけにいかない。

おもんの命と香保里の恨み、その両方が大口屋と深く関わっているかぎり、何としてでも裏のからくりを探りださねば、夢見がわるくなりそうだ。

伝次はそれから、二刻余りも張りこんだ。

亥《い》の四つ半に近づいたころ、ようやく、裏口が騒がしくなった。

提灯《ちょうちん》持ちの小者があらわれ、恰幅《かっぷく》の良い頭巾頭の侍がやってくる。

頭巾頭の後ろから、巨漢の大口屋惣右衛門と顎のしゃくれた用心棒がつづいた。

しんがりには、蜥蜴《とかげ》目の痩《や》せた商人と、もうひとり、侍らしき人物が控えている。

暗すぎて侍の顔は判然としないものの、商人のほうは見知った顔だった。

「甲州屋吉兵衛か」

札差と高利貸しのあいだを取りもった口入屋の亭主にほかならない。大口屋の腰巾着となり、汚れ仕事をやらされているのだ。

「お殿さま、ささ、こちらのお駕籠へ」

茶屋の女将《おかみ》らしき年増が、愛敬《あいきょう》を振りまきながら小走りに駆け、待機していた法仙寺駕籠に頭巾侍を導いた。どう眺めても、今宵の主役だ。見送りの連中に向かって偉そうに手をあげ、頭巾侍は駕籠に乗りこむ。

「誰かな」

勝手口は露地に面しているので、下手に動けば勘づかれてしまう。

できれば「お殿さま」と呼ばれた人物の乗る駕籠を追いかけたかった。

が、すぐさま、その考えは消しとんだ。

甲州屋とともに背後に控えていた男の顔が、提灯の灯《あか》りに照らされたのだ。

「げっ、あの野郎」

すんでのところで、叫びそうになった。

まちがいない、おもんを襲った男だ。

女将の声が聞こえた。

「さ、おつぎはお大尽さま」

「むふふ、別れが惜しいのう」

大口屋は誘われ、女将の首根をつかんで抱きよせた。

ほかの連中の目も気にせず、長々と口を吸ってみせる。

「ちっ」

伝次は舌打ちするしかなかった。

露地裏に待機する駕籠はない。

舟か。

蔵前までなら、舟のほうが早いし、快適だ。

「油堀に屋根船が待ってござりますよ」

女将は、とろんとした目で大口屋に告げた。

「よし、まいろうか」

提灯持ちと女将が先導し、大口屋の背後に用心棒と甲州屋がつづく。

おもんを襲った侍はひとりぽつねんと残され、みなの影が消えると、露地の反対側に向かって歩きだした。

こうした仕打ちに馴《な》れているのか、口惜《くちお》しい素振りは感じられない。

表情の抜けおちた能面のような顔だった。

伝次は物陰から身を剝《は》がし、男の背中を跟けはじめた。

露地から門前大路に出ると、一ノ鳥居のほうへ歩いていく。

町木戸は疾《と》うに閉まっていたので、大路に人影はまばらだが、茶屋や楼閣の掛け提灯が点々とつづいていた。

男は一ノ鳥居の手前で北に折れ、油堀に架かる閻魔堂《えんまどう》橋を渡った。

こんもりと樹木の繁る寺社地を右手に眺め、そのさきで仙台堀を越え、ひたすら小名木川《おなぎがわ》まで早足にすすむ。

本所をめざしているらしい。

案の定、男は小名木川も越えて北上し、竪川に行きあたると、川に沿って三ツ目橋まですすんだ。

橋の向こうは本所である。

男は迷うことなく橋を渡り、武家地の一角に踏みこんだ。

「ん、ここは」

つい最近、訪れたことがあった。

辻をふたつほど曲がり、男は古びた屋敷のなかに消えていく。

冠木門を見上げれば、花海棠がのぞいていた。

薄紅色の五弁花が房になり、鈴生《すずな》りに咲いているのだ。

俯《うつむ》きながら咲く様子は、古来、悩める美女に喩《たと》えられてきたというが、下弦の月影を浴びたそのすがたは殺気をふくんでいるやにみえた。

「青沼伴之進か」

今にしておもえば、おもんを襲った男の横顔は弟の数之進に似ていた。

金貸しふたりと絵草紙屋を葬ったのも、伴之進であったにちがいない。

「が、待てよ」

伝次は、じっと考えこんだ。

高利貸しを亡き者にしようとする意図がわからない。

借金を棒引きにするのが狙いなら、大元の大口屋を斬れば事足りるのだ。

ところが、伴之進はあろうことか、大口屋の主催する宴に同席していた。しかも、傍目《はため》でみたかぎりでは、用心棒なみに軽んじられている。

「わからねえ」

ほっと溜息を吐いた瞬間、背後に人の気配を察した。

知らぬ間に忍びより、抜けば刃の届く間合いまで迫っている。

逃げようにも、足が動かない。

伝次は固まったまま、正面を見据えた。

花海棠がひとひら、地に落ちてくる。

――かちっ。

鯉口《こいぐち》が切られた。

背筋に悪寒が走る。

蒼白《あおじろ》い刃が抜かれ、冷たい切先《きっさき》が背後から、首筋にぴたっと当てられた。

少しでも動けば、首を落とされる。

そうおもったら、小便が漏れそうになった。

「おぬしは何者だ」

疳《かん》高い声がした。

応じようにも、声が出ない。

震えがどうにも、止まらなくなった。

「ふん、そうか。これでは応えられぬか」

男は刀を鞘に仕舞い、肩をぽんと叩いた。

「ひぇっ」

「案ずるな、斬りはせぬ。おぬし、目付の密偵《いぬ》か。それとも、勘定奉行の命で探っておるのか。どうした、顔をみせてみろ」

振りむくまえに、先方が廻りこんできた。

「うえっ」

青沼伴之進ではない。

よく似ているものの、数之進のほうだった。

伝次は肩の力を抜き、その場にへたりこんだ。

「おいおい、しっかりせんか」

「へい」

「いまいちど聞こう、おぬしはお上の密偵か」

「いいえ、影聞きの伝次と申しやす」

「影聞き」

「へい、尻軽女房の浮気を調べ、亭主に告げ口するのが役目で。ご覧のとおり、ごみみてえな野郎でごぜえやす」

「ごみ野郎がなんで、おれの実家を探っているのだ」

「これにゃ入りくんだ事情がありやしてね、どっから喋ったらいいものやら」

「なら、そのあたりの居酒屋にでも行くか。般若湯《はんにゃとう》を舐めれば、口の滑りもよくなろう」

「へ、旦那の仰るとおりにいたしやす」

ふたりは武家地を逃れ、岡場所のある北辻町に足を向けた。

十

北辻町は歯の抜けた安女郎しかいないところだが、淫靡《いんび》な雰囲気のただよう露地裏に明け方まで見世を開けている居酒屋があった。

客は正体もなく酔いつぶれた者ばかりで、はなしの邪魔にはならない。

眠たげな親爺が燗酒をつけ、豆腐田楽や香の物といっしょにはこんできてくれた。

伝次は息継ぎをするのも忘れ、これまでの経緯を喋った。

あまりに必死すぎ、喋らねば命を獲られるとでもおもっているかのようだ。

数之進は胡瓜《きゅうり》の糠《ぬか》漬けを囓りながら、たいして興味もなさそうに聞いていた。

兄の伴之進に殺しの疑いがあると告げても、欠伸《あくび》を嚙みころす始末であった。

ただ、伝次が浮世之介の知りあいだと知ったときだけは、目をまるくして驚いた。

瞳をきらきらさせながら、浮世之介の素姓や人となりを、根掘り葉掘り聞きだそうとするのである。

「何でまた、親方のことが気になるんです」

「憧れだな」

「へ」

「あれほど飾らぬ御仁は、正直、みたことがない。天衣無縫とはまさに、浮世之介どののためにあるようなことば、できれば、おれもあんな生き方がしたい」

「言っちゃわりいが、ありゃ生まれついての呑太郎《のんたろう》ですぜ。ろくに働きもせず、あの年で若隠居を目論《もくろ》んでいやがる」

「よいではないか。あくせく働くばかりが人生ではあるまい」

「そうでやすかね。ま、旦那にゃ汗水垂らして稼ぐってことが、ぴんとこねえかもしれねえけど」

「おれは旗本の穀潰し、おぬしの言うとおり、金を稼ぐ器量はない。かといって、酒はやめられぬ。飲み代は欲しい。欲しいとなれば、借りるか奪うかしかない。奪おうかともおもったが、人を騙《だま》したり脅したりするのは、どうも性に合わぬ。ましてや、辻強盗人斬りのたぐいは寝覚めがわるい。さあ、どうすると思案していたところへ、助け船を出してくれたのが、浮世之介どのだったというわけさ。言ってみりゃ、命の恩人だわな」

「おもんさんへの借金は、お返えしなさらねえので」

「返したいのは山々だが、無い袖は振れぬ。けへへ」

数之進はまだ若いのに、年寄り臭く笑ってみせる。

打ちとけるにしたがって、伝次は腹が立ってきた。

「旦那はあっしのことを、目付か勘定奉行の密偵じゃねえかと仰いやしたね。あれはいってえ、どういうことです」

「近頃、そうした連中がうろついているのよ」

「ほんとうですかい」

「ああ、札差の大口屋と関わってからな」

数之進によれば、父の帯刀と兄の伴之進は人一倍野心旺盛な父子で、出世のためとなれば賄賂《わいろ》を湯水のように使ってきた。ゆえに、大口屋からまとまった金を借りねばならなかったのだ。

「ところが、兄は出世を焦って同輩を陥れようとし、それが上役に見咎《とが》められ、出世の道を閉ざされた。残ったのは借金の山、小狡《こずる》い札差は出世の見込みのない者に甘い顔などみせぬ。執拗《しつよう》な催促を繰りかえされたあげく、父は病床に臥《ふ》し、兄は心を病んでしまった。おぬしの申すとおり、兄が人斬りをやったとしても驚きはせぬ」

「まるで、他人事のような話しぶりじゃありやせんか」

「そうさ。おれはもう、青沼家の人間ではない」

「え」

「縁を切るというから、こっちから切ってやった。ふん、家禄三百石の旗本なんぞに未練はないわ。居候だの、穀潰しだのと文句を言われるのが、ほとほと嫌になった。おれのような者には、気楽な浪人稼業が似合っておる」

ふん、偉そうに。尻の青い若僧め。

無責任な物言いに、伝次は益々《ますます》腹を立てた。

が、ここは冷静にならねばならぬ。

「ひとつ、お聞きしてもよろしいですかい」

「何だ」

「まずは、これをご覧になっていただきてえ」

伝次は袖口から、件《くだん》の印籠を取りだした。

「こいつに見覚えは」

数之進は黙りこみ、じっと印籠を睨む。

「それは兄の印籠だ」

ぼそっと、漏らした。

「父が若いころ、瓜ふたつの印籠を細工師につくらせ、おれたち兄弟に授けた。血を分けた兄と弟が仲違《なかたが》いせぬように、まんがいちのときはそれを売って窮地をしのぐようにと、父はふたりを並べてそう諭し、高価な印籠を授けてくれた。その父に見放され、おれは家を飛びだしたのさ」

「御屋敷にはもう、帰らねえおつもりですかい」

「帰らぬつもりが、深酒をして夜の町をうろついていると、いつのまにか、屋敷のまえまで戻っている。未練があるのさ、情けないはなしよ」

数之進は涙ぐみ、盃《さかずき》を呷《あお》った。

「その印籠、お返えししやすよ」

「おぬしの言いたいことは、ようくわかるぞ。印籠に付いた血は、殺された商人のものであろうが」

「さようで。しかも、その御仁は人違いで斬られたらしいので」

「何だと」

「斬られた御仁の名を、お教えしやしょうか」

「ああ」

「湯島の絵草紙屋、都留屋源八」

「都留屋」

「四十二の厄年に、やっと子を授かったんでさあ。赤ん坊の顔、死ぬめえにもういっぺん拝みたかったにちげえねえ。ところが、都留屋の旦那は脳天をまっぷたつにされちまったんだ。金貸しとまちげえられてね」

「そんな……うう、くそっ」

数之進は悪態を吐き、手にした盃を土間に叩きつける。

「ひぇっ」

驚いた酔っぱらいが悲鳴をあげた。

みれば、数之進の踝《くるぶし》に破片が刺さっている。

伝次の胸から、怒りがすうっと消えていった。

この穀潰し、存外にわるい男じゃなさそうだなとおもった。

十一

翌晩、蔵前大路の片隅で人斬りがあった。

殺られたのは森田町で金貸し業を営む近江屋喜介、すぐそばには用心棒らしき浪人者の屍骸《むくろ》も転がっていた。

この一件に関して言えば、凶刃を振るったのは青沼伴之進ではなかった。

伝次が一晩中《よっぴて》、伴之進の動向を見張っていたからだ。

「手口がちがいやす。一刀で生き胴をばっさり、袈裟懸《けさが》けでやすよ……ね、そうでしょ、親方」

「殺ったのは札差の用心棒だな」

浮世之介は、あっさり言いきる。

陽は昇り、狢亭の庭では雀が鳴いていた。

浮世之介は麻袋をつかんで濡れ縁に立ち、節分でもないのに豆を撒《ま》きはじめる。

「ほうら食え、丸々と肥えてみろ」

雀たちは降りたち、必死に豆を啄《ついば》む。

廊下の隅には、黐竿が立てかけてあった。

「日頃から飼いならしておかぬと、屋敷に寄りつかなくなるのさ」

「親方、雀を獲ってどうなさるので」

「きまっているだろう、食うのさ。雀は半生《はんなま》で食うのが美味えんだ。脳味噌《のうみそ》がちゅるっと出てきたりしてな」

「おえっ」

「おまえさんにも食わしてやろう」

「結構でやんすよ」

「はは、遠慮するな」

「ところで親方、この一件の筋はみえやしたかい」

「おおかたな」

「お聞かせ願えやせんかね」

「いいよ」

「ほ、ありがてえ」

伝次は膝を躙りよせる。

「金貸し殺しは、やっぱ、青沼伴之進の仕業でやしょうか」

「だな」

「どうもわからねえ。借金をちゃらにしてえんなら、大元の大口屋を殺っちまえばいいのに。どうして、殺らねえんでしょう」

「こたえは簡単さ。大口屋に頼まれたからだ」

「え」

「借金をちゃらにしてやると持ちかけられ、伴之進は断ることができなかった。修羅の道に外れちまったというわけさ」

「どうして、札差が殺しなんぞを」

「大口屋はお上に目を付けられていた。日頃の派手な行状が、勘定奉行あたりの癇《かん》にさわったんだろう。お上は密偵を放ち、大口屋を探りはじめた。不正の動かぬ証拠ってのは、月踊りの貸付証文だ。大口屋は証文に関わった高利貸しの口を封じるべく、伴之進を焚《た》きつけて殺しを仕組んだ。いざとなれば、伴之進に罪を擦《なす》りつけられる。そこまで考えてやったことさ」

ところが、伴之進はしくじった。

関わりのない絵草紙屋を殺《あや》めてしまい、命拾いした近江屋に疑念を抱かせた。

大口屋は焦った。近江屋が命欲しさに、これこれしかじかとお上に訴えでれば、おのれの罪が発覚してしまう恐れもある。そこで、自分の用心棒を使って斬殺するという禁じ手を使った。

「ざっとまあ、そんなところだ」

「なるほど、じゃ、もうひとつ、大口屋に接待された偉そうな侍ってのは誰です」

「それはたぶん、豊原織部《とよはらおりべ》とかいう蔵奉行だろう」

「蔵奉行」

「蔵米の分配を仕切るお偉方さ」

役高は低いが、実入りは多い。多忙ではあるが、旗本の誰もがなりたがる役らしい。勘定奉行の配下にあって重きをなす役目でもあることから、札差は手練手管を駆使して蔵奉行に取りいった。

「豊原織部の名を教えてくれたのは、香保里さんだよ」

「え」

「豊原を今の地位にさせてやったのは、大口屋なんだとさ。となりゃ、どれだけ威張ろうが、蔵奉行は大口屋に逆らえねえ。不正の証拠を揉《も》みけすくらいのことは、平気でやるだろうと、香保里さんは言っていたよ」

「香保里さまは、今どちらに」

「伊豆の温泉に行ってもらった。文化堂のご隠居とお仲間を連れてね」

「猪仲間のご接待役でやんすか」

「七日もすれば帰えってくる。それまでに、けりをつけないとね」

「へへ、これでもう、お尋ねすることはありやせん。すっきりしやしたぜ」

「敵は追いつめられているようだ。手段を選ばなくなってきた。となりゃ、おもん姉さんが危ねえな」

「どうしやす」

「先手を打つしかあるまいね」

「どうやって」

「そいつがわかれば、苦労はしない」

浮世之介はにっと笑い、庭先に豆をばらまいた。

十二

蔵前脇の黒船町には「どろ鉄」という鯰《なまず》屋があった。

伝次の目のまえでは、酒をたっぷり入れて煮た鯰汁が湯気を立てている。

今から梅雨《つゆ》時までは旬《しゅん》、脂の乗った鯰が食える。

浮世之介は箸《はし》を器用に使い、刺身を頬張った。

「鯰はひでえ顔をしてやがるが、食うと美味え。さ、おめえもやんな」

浮世之介の口調はべらんめえで、いつになく迫力を感じた。

「顎は強えし、偉そうに鰓《えら》を張っていやがる。さばくときに気をつけねえと、鰓の隙間に指を挟まれちまうんだ」

「親方、鯰なんぞ食ってる場合でやすかね」

「伝次、あれをみな」

「うっ」

指の差された床几に目を向け、伝次は息を呑んだ。

蜥蜴目の商人と顎のしゃくれた浪人者が談笑しながら、酒を呑みかわしている。

「この見世はな、やつらの行きつけなのさ」

どうしてそれを知ったのかと、聞いたところで仕方ない。

伝次は秘かに、舌を巻いていた。

「用心棒がここで蜷局《とぐろ》を巻いているかぎり、大口屋は外出できねえ」

「そうなりやすね」

「じっくり料理できるってわけさ」

「なあるほど」

「あそこに座る甲州屋吉兵衛は、考えてみりゃ、死に神みてえなもんだ。なにしろ、札差と高利貸しの縁を結んだ張本人だからな」

最初から殺されると承知していたわけでもなかろうが、事情を知ってからも見て見ぬふりをしてきた。その罪は重い。

「そりゃそうだ」

「親鯰をやるまえに、子鯰どもを料理してやるか」

「親方、段取りは」

「もうすぐここに、おもん姉さんがやってくる。そっからさきは、野となれ山となれだ」

浮世之介の言ったとおり、しばらくすると、鮮やかな市松小紋の着物を纏ったおもんが颯爽《さっそう》とあらわれた。

こちらには目もくれず、甲州屋と用心棒の座る床几に身を寄せる。

「ちょいと甲州屋の旦那、おはなしがあるんだけど」

「お、ほほう、玄治店のおもんじゃねえか、何でえ、あらたまって」

甲州屋は驚きつつも、平気な顔を装った。

「二十両ある。こいつでけりをつけとくれ」

「何のけりだい」

「惚《とぼ》けるんじゃないよ。あんたらのやったこと、大声で言わせたいのかい」

「待ちな。まあ、落ちつこうじゃねえか」

おもんはたしなめられ、床几に片尻を引っかけた。

表向きは堂々とした態度にみえるものの、心ノ臓が破裂しそうなところを必死に耐えているのだ。

「姐さんよ、命乞いの値段が二十両かい。それっぽっちじゃ、はなしにならねえな」

「だったら、いくらならいいのさ」

「桁《けた》がひとつちがう」

「何だって」

「へへ、後家金を貯めこんでやがんだろう。二百両くれえ、何とかならねえのかい。それだけ揃えてくれりゃ、大口屋の旦那に口を利いてもいい。甲州屋吉兵衛がはなしをつけてやるよ」

「ふん、冗談じゃない。きんちゃくおもんを舐めんじゃないよ」

「どうする気だ」

「こんな命でよかったら、くれてやらあ。いつでも獲りにきな」

おもんは啖呵《たんか》を切り、二十両のはいった財布を抛《ほう》った。

甲州屋は受けとった財布を袖にねじこみ、ぺっと唾を吐く。

目顔で合図をすると、用心棒がやおら立ちあがった。

伝次も腰を浮かす。

「親方」

「よし、そろそろ、おっぱじめるとするか」

浮世之介は伝次をともない、甲州屋の脇を擦りぬけて外に出る。

表口の脇には、鰯竿が立てかけてあった。

「親方、そいつをどう使うんです」

「ふふ、鳥黐で縁を取りもつ口入屋ってな、まあ、みてな」

おもんは急ぎ足で遠ざかり、そのあとを用心棒が追っている。

浮世之介と伝次は縦に並び、小走りに追っていった。

ひとつ目の辻に差しかかり、おもんはわざと躓《つまず》いた。

「ひゃっ」

周囲は薄暗く、人気《ひとけ》もない。

用心棒は近づきながら、白刃を抜きはなつ。

と同時に、浮世之介が駆けだした。

伝次もつられて追いかける。

浮世之介は黐竿を肩に担ぎ、前屈みで土を蹴った。

捷《はや》い。

風のようだ。

伝次も足には自信がある。

だが、従《つ》いてゆけそうにない。

「誰か助けて、きゃああ」

おもんが悲鳴をあげた。

「ひょう」

浮世之介が奇声を発し、二間《けん》余りも跳躍する。

用心棒が気配を察し、肩越しに首を捻《ねじ》った。

「ぬわっ」

瞠った双眸《そうぼう》に、ぺしゃっと鳥黐がくっついた。

「ぬぐっ……みえぬ、目がみえぬ」

用心棒は目をふさがれたまま、刀を闇雲に振りまわす。

「辻強盗だよ、誰か来とくれ、捕り方を呼んどくれ」

おもんは壁際に寄り、声をかぎりに叫んだ。

浮世之介は用心棒に近づき、ひょいと足を払ってやる。

ひっくり返ったところで、鳩尾《みぞおち》に当て身を食わすと、苦もなく気を失った。

おもんが腹這いで近づき、用心棒のはだけた懐中に十両の小判がはいった財布をねじこんだ。

上目遣いに浮世之介を睨み、憎々しげに吐きすてる。

「甲州屋に二十両、この野郎に十両、合わせて三十両の大損だよ」

「姉さん、そいつは兎屋から戻ってきた金だ。三十両で命が拾えりゃ、しめこの兎でやしょうが」

「ふん、調子の良い男だね、まったく。残りの連中も、きっちり始末をつけな」

「おもん姉さんの頼みとあっちゃ、仕方ありませんね」

「頼んだよ」

ふたりのあいだに、どのような相談があったのか、伝次にはわからない。

やがて、おもんの叫びを聞きつけた野次馬どもが集まってきた。「どろ鉄」の客も箸を手にして駆けつけ、そのなかには甲州屋もまじっている。

「親方、ほら、おりやすよ」

「よし、さきまわりをしてやろう」

甲州屋は事態を呑みこむと、蒼白《そうはく》な顔で踵を返した。

露地裏に逃れ、人目につかぬように家路をたどる。

大路を目前にして、ほっとひと息ついた。

刹那《せつな》、横合いから声が掛かった。

「どろぼう猫め、金返せ」

「うえっ」

驚愕《きようがく》の顔で振りむくと、暗がりからすっと黐竿が伸びてきた。

開いた口に先端が捻《ね》じこまれ、鼻の穴も鳥黐でふさがれてしまう。

甲州屋吉兵衛は息を詰まらせ、白目を剝いて地べたに倒れた。

伝次がつつっと近づき、鳥黐を剝《は》がしてやる。

「親方、これでいいんですかい」

「ああ、そいつの懐中にゃ、おもん姉さんの財布がへえっている。十両盗めば首が飛ぶご時世だ。盗み金が二十両となりゃ、首ひとつじゃ足りねえな」

「まったくで」

「岡っ引きを呼んできな。証人ならいくらでも連れてきてやるぜ」

「合点で」

「さあて、おつぎは親鯰を料理する番だ。伝次、遅れるんじゃねえよ」

「へい」

浮世之介は鞠竿を担ぎ、端唄を口ずさみながら大路へ繰りだす。

伝次は半町さきにある自身番めがけ、尻端折《しりつぱしよ》りで駆けだした。

十三

翌朝、駿河台《するがだい》にある勘定奉行中山丹波《なかやまたんば》の屋敷前は騒然となった。

棟門の脇に植わった当主自慢の桜木に、生きた男が鮟鱇《あんこう》の宙吊りのように吊りさがっていたからだ。

男は肥えたからだに白装束を纏い、ざんばら髪に三角頭巾を巻き、後ろ手に縛られたまま、高みに突きでた太い梢から荒縄一本で吊られていた。

鳥黐で口をふさがれているので、助けを呼ぶこともままならない。

家人が起きだすまえに、野次馬が大勢集まってきた。

詮索好きの折助《おりすけ》が、幹に打ちつけられた板きれをみつけた。

「皆の衆、捨て札だぞ」

「読んでみろ」

「よし、このもの、月踊り惣右衛門こと、大口屋惣右衛門なり。暴利を貪《むさぼ》る蔵前の札差にして、天をも恐れぬ悪行の数々は列挙すべくもあらず、推して知るべし。右詳細は蔵奉行豊原織部の知るところなり。ともに天罰が下るは必定、しかるべき沙汰のあるまで、みだりに触るるべからず」

頭に巻かれた三角頭巾は、大口屋みずからの乱発した貸付証文で作られてあった。

これが動かぬ証拠となり、大口屋は詮索の場へ引かれていったのである。無論、蔵奉行にも累はおよび、厳しい沙汰の下ることは避けられぬ見通しとなった。

弥生晦日《つごもり》。

八重桜はすっかり散り、本所回向院の境内では晴天十日の勧進相撲がはじまった。

香保里は伊豆の温泉から戻り、いっそう艶めいた肌を惜しげもなくみせつけた。

あいかわらず、浮世之介の行方はわからない。

伝次はおもんに誘われ、湯島の真光寺《しんこうじ》へやってきた。

寺内の薬師堂は本郷の「薬師さん」として知られ、神楽坂の「毘沙門《びしやもん》さん」と並ぶ縁日の名所でもある。

かたわらには、片化粧《かたげしょう》のおちよもいた。

「日和《ひより》が良いので従いてきた」

と言うが、本音は衣裳《いしょう》代でも借りたいにちがいない。

おもんは浮世之介も誘ったが、やんわりと断られた。

「あたしのことを煙たがっているのさ。ご近所の手前もあるから、もっとしっかりおしって、余計なことを吐いちまったんだよ」

口数は多いものの、浮世之介の過去が語られることはない。

いずれ機会があったら聞いてみたいものだと、伝次はおもった。

三人は山門をくぐり、本堂の裏手にある墓所へ向かった。

めざす墓の所在は聞いてきたので、探しあてることはできよう。

おもんは渋い色目の着物を纏い、両手でつづみ草の花束を握っている。

「ほとけさんがお好きな花だと聞いてね、お墓に手向《たむ》けようとおもったのさ」

真光寺は都留屋源八の菩提《ぼだい》寺だった。おもんは都留屋が自分の身代わりになってくれたものと考え、どうしても墓参りがしたいと言いだした。若後家を訪ね、墓の所在を聞いてきたのだ。

都留屋源八は入り婿なので、絵草紙屋はいちど隠居した義父が仕切ってやることになった。とりあえず、遺された若後家と赤子が路頭に迷う心配はなくなり、伝次もほっとしている。

墓所は苦もなくみつかったが、先客がひとりあった。

「あっ」

おもんと伝次が、同時に声をあげる。

月代を青々と剃《そ》った若侍が、ぺこりとお辞儀をしてみせた。

青沼数之進である。

墓には線香の煙が立ちのぼり、黄金色のつづみ草が手向けてあった。

「兄は腹を切りましたよ」

誰に言うともなく、数之進は語りはじめた。

「もちろん、腹を切ったからといって、亡くなった方々が戻るわけではない。とうてい、罪は償えませんが、後悔しながら死んでいった兄の最期を、せめて血縁の者が墓前に報告しなければなるまい。そう、おもいましてね」

青沼伴之進の死は偽りの届出によって病死あつかいとされ、弟の数之進が青沼家の家門を継ぐ道も残されていた。しかし、数之進は当主になることを拒み、浪人暮らしをつづける決意を固めたという。

「家門断絶は武士の恥辱、父はおいおい泣きましたよ。わたしはどうしても、真実を伝えることができなかった。兄の非道を知らぬまま、父は剃髪《ていはつ》することになりました。哀れだが仕方ない。父も兄も出世を望むあまり、まわりがみえなくなった。とどのつまり、しっぺ返しを受けたというわけです」

おもんは、ほっと溜息を吐いた。

「これから、どうなさるおつもり」

「さて、どうしたものか」

数之進は手向けたつづみ草をみつめ、淋しげに微笑む。

おちよが線香に火を点《つ》けながら、無邪気に笑った。

「狢亭にお行きになれば」

「え」

「死ぬも生きるもいっときの夢、狢になって夢を語ればこの世の憂さは忘れよう……ってね、うちの旦那さまが仰っていたよ」

「浮世之介どのが」

数之進は本堂の甍《いらか》を仰ぎ、眸子を潤ませた。

またひとり、狢仲間が増えちまうと、伝次はおもった。

つばくろ帰る

一

卯月《うづき》八日は灌仏会《かんぶつえ》、徳松は朝未《まだ》きのうちに起こされ、浮世之介に連れられて築地《つきじ》の御門跡へ向かった。甘茶を貰《もら》いにゆくのである。

甘茶は好きだが、徳松はこの日が来るのを恐れていた。隣近所の洟垂《はな》れたちも双親《ふたおや》に連れられ、築地の御門跡へ足を向けるからだ。奇妙な風体《ふうてい》の浮世之介といっしょにいるところを、みられたくはなかった。通っている手習い所でまた、からかわれるにきまっている。

せめて、おちよ姉さんが来てくれりゃいいのに。

徳松は母親代わりのおちよを気に入っていた。母親らしいことをしてもらったおぼえはないし、そもそも、ほとんど家にいない。それでも、逢《あ》ったときは優しくしてくれ、心《しん》から楽しそうな顔を眺めていると心が和む。

だから、ほんとうは兎屋に腰を落ちつけてほしいのだが、そうできない事情もあるのだろう。

おちよ姉さんがだめなら、おもん伯母さんでもかまわない。なにしろ気前がよく、小遣いをくれる。番頭の長兵衛によれば、疱瘡《ほうそう》で七つの子を亡くした辛《つら》いおもいを引きずっているらしい。可哀相《かわいそう》なはなしだが、本気で自分を金貸しの養子にしたがっているので、少しばかり恐《こわ》い気もする。

築地に向かうには霊巌島《れいがんじま》を突っきり、鉄砲洲稲荷《てっぽうずいなり》から大名屋敷の塀際を抜けていかねばならない。ちょうど、外様《とざま》大名の参勤交代がおこなわれる時季なので、武家地はどこもかしこもざわついている。

「葉桜になると国主の紋替わり、そんな川柳もあったなあ」

浮世之介はひとりごち、鶏冠《とさか》のような髷《まげ》を立てて、のんびりさきを行く。

綿抜きを済ませた着物は浅葱《あさぎ》地に大柄の手綱《たづな》染め、あいかわらず派手な衣裳《いしょう》の懐中には矢立と巻紙をしのばせてあった。

近頃は写し絵に興味があるらしく、おもしろい景物があると、立ちどまって筆をさらさら走らせる。

そのあいだ、徳松はじりじりしながら待ちつづけた。

「ほら、ご覧」

浮世之介は描いたものを自慢げにみせようとするが、みる気にもならない。

堀川の対岸に御門跡の高い塀を眺めながら、ふたりは南小田原町の界隈《かいわい》をすすんでいった。

「とうきたり、とうきたり、おしゃか、おしゃか」

襤褸《ぼろ》を纏《まと》った願人坊主が手桶《ておけ》に釈迦《しゃか》像を入れ、破《や》れ扇を翳《かざ》しながら売りあるいている。そうかとおもえば、岡持《おかもち》を担いだ魚売りが露地裏を威勢良く飛びまわり、長屋の嬶《かか》ァどもに注文を取っていた。

「べらぼうめ、初物でい、早え者勝ちでい」

怒ったように売り声を響かせ、初鰹《はつがつお》の切り身を売っているのだ。

鮮度が落ちれば売り物にならぬ。のんびりしてなどいられない。

包丁片手に鰹をさばき、さばいたそばから走りだす。

初物は、なにも鰹だけではなかった。飛び魚に茄子《なす》に不如帰《ほととぎす》、萌葱《もえぎ》の蚊帳《かや》売りに朝顔の苗売り、ついでに年増の嫁入りと、卯月立夏のこの時季は初物が多い。

「耳に沓口《くつ》には烏帽子《えぼし》目に甘茶。さあ、さあ、初物競《くら》べにございい」

浮世之介は剽軽《ひょうきん》な仕種《しぐさ》で踊りながら、本願寺橋を渡ってゆく。

沓は沓手鳥とも呼ばれる不如帰、烏帽子は鰹の別称だ。そして、灌仏会に施される甘茶で目を洗うと良いとされている。

へん、知ってらあ。

徳松は胸の裡《うち》でつぶやいた。

聞いたことのある川柳なので、手習いの師匠に意味を教わったことがある。

ふたりは橋を渡り、表門に足を向けた。

門前は押すな押すなの人だかり、年に一度の灌仏会だけあって尋常な賑《にぎ》わいではない。

これなら、悪がきどもにみつけられずに済みそうだ。

徳松はほっとしながら、門をくぐった。

長い参道をすすみ、本堂へ向かう。

「お、すげえ」

豪華に飾られた花御堂《はなみどう》が目を惹《ひ》き、おもわず感嘆の声を漏《も》らす。

浮世之介はとみれば、甘茶のはいった樽《たる》のそばに近づいてゆく。

大樽のそばには、小手桶を手にした子供たちが列をなしていた。

嫌な予感がする。

「あれ、徳松」

名を呼ばれ、どきりとした。

手習い所でいっしょの亀太郎《かめたろう》だ。

徳松と同い年だが、首ひとつ大きい。

恰幅《かっぷく》の良い父親と小狡《こずる》そうな狐《きつね》顔の母親が後ろに控えている。

ともに絹地の上等な着物を纏い、大店《おおだな》の主人夫婦然としていた。

亀太郎は人形町で紅をあつかう玉やの惣領《そうりょう》、金持ちなうえに力も強いので、誰ひとり逆らう者はいない。

きかん気の強い徳松は、目の敵にされていた。

ともかく、いちばん顔を合わせたくない相手だ。

かといって、逃げだすのも癪《しゃく》に障る。

徳松は小手桶を拾い、大樽に一歩近づいた。

鶏冠頭の浮世之介は樽から離れ、こちらに背を向けている。

「へへ、徳松、来てみな」

手招きに応じてやると、亀太郎が握り飯のような三角顔を寄せてきた。

「狢《むじな》の子にやる甘茶はねえぞ。やあい、母無しっ子、おめえのとうちゃんは呑太郎《のんたろう》、女房に逃げられた間抜け」

徳松は拳を固め、ぎりっと奥歯を噛《か》みしめる。

自分のことならいざ知らず、父親のことを他人にとやかく言われたくない。

徳松は腰を捻《ひね》って反動をつけ、ぶんと拳を振りまわす。

「痛っ」

不意打ちを食った亀太郎は鼻血を飛ばし、どんと大樽にぶつかった。

その反動で、大量の甘茶が樽の縁からこぼれおちる。

「こらっ、くそがき」

見知らぬ大人に怒鳴られた。

徳松は後ろもみずに参道を駆け、門の外へ飛びだした。

浮世之介とはぐれてしまったが、そんなことはどうでもよい。

小手桶を道端に捨て、本願寺橋をとぼとぼ渡った。

「ちきしょう」

情けなくて、悔し涙が溢《あふ》れてくる。

徳松は鉄砲洲稲荷や霊巌島の茶碗《ちゃわん》河岸をうろつき、二刻《ふたとき》近くも道草をしながら、正午になってへっつい河岸へ戻った。

くうっと、腹の虫が鳴った。

怒りもおさまると、亀太郎のことが心配になってきた。

でも、やっちまったことは仕方ない。

――覆水盆に返らず。

という諺《ことわざ》を教えてくれたのは手習いの師匠、栖吉六郎兵衛《すよしろくろべえ》であった。

兎屋の敷居をまたぐと、浮世之介はまだ帰っておらず、木綿の縞《しま》物を着た番頭の長兵衛が帳場から蒼白《あおじろ》い顔を差しだした。

「徳ぼん、御門跡で何かやらかしたね」

長兵衛は優しい。いつも親身になってくれる。本物の「爺《じ》っちゃん」のようにおもっているのだが、少しばかりうるさい。

「玉やの番頭がねじこんできやがってね、こっちはわけもわからず叱られっぱなし、往生させられちまったよ」

「亀太郎のやつに、ぶちかましてやったのさ」

「えっ、玉やのぼんを。そいつは驚き桃の木だ、へへ、ずいぶんおもいきったね」

「そういうこと」

胸を張ると、長兵衛は眉間に皺《しわ》を寄せた。

「さきに手を出したな、どっちだい」

「こっちだよ。不意を衝《つ》いてやったのさ」

「そいつはいけねえな」

「どうして」

「相手にも撲《なぐ》らせてやらにゃ、後々恨みを買う。喧嘩《けんか》ってのはそういうもんでね、おたげえに同じ数だけ撲りあい、最後は手打ちで締めなくちゃならねえんだ」

黙って俯《うつむ》くと、長兵衛は慈愛の籠《こ》もった眼差《まなざ》しを投げかけてきた。

「どうせまた、親方のことをわるく言われたんだろう」

「ちがわい」

徳松はぷいっと横を向き、外へ飛びだす。

「ぼん、昼餉《ひるげ》は」

長兵衛の声を背中で聞きながし、河岸を斜めに横切って木橋を渡る。

渡った向こうに、人気《ひとけ》のない稲荷《いなり》社があった。

鳥居をくぐると古びた社殿が佇《たたず》み、右手にまわると落雷で倒れた杉の枯木が朽ちかけている。

徳松は苔生《こけむ》した切り株に座り、大屋根の軒下を見上げた。

燕《つばくろ》の巣がある。

主《あるじ》はまだいない。

燕は巣さえあれば、毎年、忘れずに戻ってくる。

去年も、一昨年《おととし》も、そうだった。

徳松は堀留に夕陽《ゆうひ》が射《さ》す頃合いになると、夕河岸の喧噪《けんそう》から逃れるように、毎日かならずここへやってきた。堀川に映った残照が次第に消えゆく光景を眺め、切り株のうえにじっと座りつづける。そうしたとき、徳松はいつも、まだみぬ母の温《ぬく》もりを探した。

夕暮れだけではない。淋《さび》しくてどうしようもないときは、かならずここにやってきて、胸の裡につぶやいてみる。

「おっかさん」

今年も、つがいの燕は戻ってきてくれるだろうか。

卵から雛《ひな》がかえり、飛ぶことを教わった雛たちが雄々しく巣立ってゆく。

毎年繰りかえされる巣立ちまでの営みを、しっかりと目に焼きつけたい。

徳松はそう、強くおもった。

二

翌朝、六つ半頃に朝餉をとっていると、裏長屋の大家が回覧を届けにきた。

町奉行所から警戒を促す触れには「近頃、四谷、赤坂、品川などにて幼子の勾引《かどわかし》頻発せり、狙《ねら》われしはいずれも大店の男児、ゆえに金品目当ての輩《やから》と推察されるものの、町々においても重々目配りのほど申しおき候ものなり」云々《うんぬん》とある。

浮世之介はちらりと目を遣《や》りつつも、蜆《しじみ》の味噌汁《みそしる》を美味《うま》そうに啜《すす》り、釣りにでも行こうかと暢気《のんき》なことを言う。

冗談じゃないと、徳松はおもった。

「手習いがあります」

むっとしながら応じても、どこ吹く風。

「手習いなど行かずともよいから、つきあえ」

と、浮世之介はしつこい。

亀太郎を攫った件にも触れず、父親らしく威厳をもって叱ろうともしない。

徳松は拍子抜けするおもいで箸《はし》を動かし、最後の米一粒まで食べおえると、茶碗や箸を箱膳に仕舞い、手習い道具を唐草模様の風呂敷で包みはじめた。

「なら、ひとりで行くか」

浮世之介は淋しげにこぼし、釣り竿《ざお》一本担いで家を出る。

行く先は箱崎の中洲か両国の薬研堀《やげんぼり》、何度もつきあわされたのでわかっている。

「ふん、できの悪い父親だ」

徳松はひとりごち、はたと考えた。

逆《さか》しまに、できの良い父親とはいったい、どういう父親をいうのだろう。

喧嘩仲間の父親の顔を浮かべてみる。真面目が取り柄の気難しい父親、銀蠅《ぎんばえ》なみに口うるさい父親、偉そうな顔で怒ってばかりいる父親、亀太郎のおとっつあんの顔が唐突に浮かび、慌てて打ちけす。

考えてみれば、できの良い父親なぞ周囲にいない。

敢《あ》えて言うなら、手習い師匠の栖吉六郎兵衛がそうかもしれぬ。

噂《うわさ》によれば、浪人する以前は雄藩《ゆう》の馬廻《うままわ》り役をつとめていたそうで、剣の腕も相当に立つらしい。だが、尊敬する師匠はまだ二十三と年若く、独り身であった。

徳松は、歯の磨《す》り減った下駄《げた》を履いた。

「ぼん、行ってらっしゃい」

長兵衛や若い衆に声を掛けられても、生返事をするだけだ。

へっつい河岸の堀留まで歩き、銀座の右手をすすむ。

手習い所は親父橋《おやじばし》の手前、甚左衛門町の一隅にあった。

甚左衛門町の裏手は陰間《かげま》で知られる芳町《よしちょう》、その北隣はかつての芝居町、親父橋を渡った向こうには、江戸随一の喧噪を誇る魚河岸がある。

師匠の六郎兵衛は教え方の上手な人気者。貧富の別なく子に接するとの評判がたち、裏長屋の洟《はな》垂れから大店の惣領にいたるまで、天神札を携えて集まった七歳から十歳の男児三十人ばかりを教えている。

入門時には硯《すずり》と筆、師匠への束脩《そくしゅう》二朱と砂糖袋一斤を用意しなければならない。教わる内容は読み書き算盤《そろばん》、いろはの仮名と簡単な数字をおぼえることからはじまり、文や国づくしや江戸の地理方角、『庭訓《ていきん》往来』や『東海道往来』などの冊子を使って学んでいく。

徳松の成績は中の下、なかでも、漢字をおぼえるのが苦手だった。

浮世之介の猪仲間に「満月先生」と呼ばれる白髭《ひげ》の老爺《ろうや》がいる。唐渡《からわた》りの書物はすべて諳《そら》んじることができる漢字屋で、仙人のような人物だ。その「満月先生」に「徳松は字を知らなすぎる。寝る間も惜しみ刻苦勉励せよ」と説教されたことがあった。
できの良い父親をのぞんでいながら、自分自身はそれほど成績が良いわけでもない。
それでも、手習いは好きだ。ものをおぼえたり、何かを知ることは楽しい。
手習い所に来てみると、亀太郎のすがたはなかった。
徳松はほっとしたが、同時に、みなの白い目を感じた。
あからさまに、顔を背ける者もいる。
昨日の一件が知れわたっているのだ。
読み書きがはじまると、徳松はどうにも眠くなり、うたた寝をしていて叱られた。
「こら、徳松」
六郎兵衛にもみあげを引っぱられ、みなに笑われた。
手習いは昼休みを挟んで、八つ刻には終わる。
老中の下城と同じで、大人たちは「八つ下がり」と呼んでふざけた。
徳松は「八つ下がり」のあとも、居残りを命じられた。
もちろん、昼飯は抜きだ。
腹が減りすぎて痛くなってきた。
みなが楽しげに帰っていくなか、腹痛に耐えながら居残り部屋で待っていると、六郎兵衛があらわれ、後ろ手に障子戸を閉めた。

「徳松、昨日、御門跡で亀太郎を撲ったらしいな」

「はい」

「亀太郎がどうなったとおもう」

「さあ」

「利き腕の骨を折ったそうだ」

「え……でもそれは、おいらのせいじゃありません。たぶん、転んだ拍子に」

「ばかもの、言い訳など聞きたくもない。おぬしは亀太郎を撲り、その場から逃げた。それは卑怯者《ひきょう》のすることだ。男のすることではない」

徳松は項垂《うなだ》れ、迫《せ》りあがってくる涙を怺《こら》えた。

ここで泣いてはだめだ。泣いてはだめだと言い聞かせ、くちびるを嚙む。

六郎兵衛は屈《かが》み、下から顔を覗《のぞ》きこんできた。

「徳松、おぬしにも言い分はあろう。さあ、言ってみろ」

さきほどとはうってかわり、六郎兵衛は優しい口調になった。

「お、おいらは……」

ぐっと、ことばに詰まった。

堰《せき》切ったように、涙が溢れてくる。

「泣くな、男ならちゃんと言ってみな」

「は、はい」

徳松は深呼吸をし、気を落ちつかせた。

「お師匠さま……お、おいらは天涯孤独です。亀太郎の言うとおり、母無しの捨て子なんです」

「何を言うか。立派な父上がおられるではないか」

「あのひとは、ほんとうの父ではありません」

「世迷《よま》い言を抜かすな」

「でも、あんな呑太郎がおとっつぁんのはずはない。ちがいましょうか、お師匠さま」

どう応えてよいものか、考えあぐねたすえ、六郎兵衛は重い口をひらいた。

「父上はな、人知れず苦労しておられる。おそらく、誰よりも努力なさっておられるはずだ。そうでなければ、あれだけの商いはできぬ。ぐうたらにみせかけているのは、世を忍ぶ仮姿というやつさ」

「世を忍ぶ仮姿」

「ふむ、きっとそうにちがいない」

一縷《いちる》の光明を見出《みいだ》した気分だ。

よし、こうなれば。

師匠のことばが真実かどうか、ひとつ、たしかめてやろう。

「ありがとうございました」

徳松は元気良く礼を言い、外へ飛びだした。

三

翌日は手習いをずる休みし、浮世之介の動向を探ることにきめた。

いつもどおり、手習い道具を風呂敷に包んで斜交《はすか》いに背負い、銀座の手前まで行って戻ってくる。

浮世之介はまだ家におり、惚《ほう》けた顔で庭木を眺めていた。

そして、やおら腰をあげると、派手な扮装《いでたち》に着替えて家を出た。

あいかわらず、枯草を無造作に束ねたような髪をしている。

今日は釣り竿も担がず、手ぶらで歩きだす。

向かったさきは新和泉町《しんいずみちょう》の橘稲荷《たちばな》、目的は参拝ではなく、境内にある葦簀《よしず》張りの水茶屋、そこに看板娘のおそのがいる。

浮世之介はおそのをからかい、茶を一杯呑んで席を立った。

つぎに向かったところは長谷川町《はせがわちょう》の三光《さんこう》稲荷、ここの境内にも団子を食わせる水茶屋があり、おあきという看板娘がいる。

浮世之介はおあきの尻を触って、甲をぴしゃりと叩《たた》かれ、うひょうひょ喜んでいる。

「みちゃいらんねえ」

徳松は物陰で赤くなった。

あれが世を忍ぶ仮姿なのだろうか。

ここでも茶を一杯呑み、浮世之介はつっと席を立つ。

つぎに向かうさきは予測できた。

新材木町の杉《すぎ》ノ森《もり》稲荷であろう。

徳松は浮世之介が嬉《うれ》しそうに「稲荷巡りは楽しいぞ」と言ったのを思いだした。

新材木町へ達するには、人形町の南北大路を横切っていかねばならない。

大路でいちばん目立つ四つ辻《つじ》の角に、江戸の紅屋でも五指にはいる玉やがでんと構えていた。贔屓《ひいき》にしている中村《なかむら》座の女形に喧伝させるなどして、順調に儲《もう》けを伸ばしてきた。世の金満家の例に漏れず、惣領の亀太郎は我が儘《まま》放題に育てられた。

浮世之介は玉やには目もくれず、横道へひょいと消える。

徳松は駆けだそうとして、大八車に轢《ひ》かれかけた。

「小僧、気をつけやがれ」

怒声を背にしながら横道へ躍りこむと、ちょうど、浮世之介は杉ノ森稲荷の鳥居をくぐるところだった。

立ちどまり、呼吸を整える。

境内の一角には藤棚があり、真っ赤な毛氈《もうせん》を敷いた床几《しょうぎ》がいくつか置かれている。

その水茶屋にも、おけいという男好きのする茶汲《ちゃく》み女がいた。

酒肴《しゅこう》も注文できるので、浮世之介は燗酒《かんざけ》を飲《や》りながらしばらく留《とど》まり、おもむろに矢立を取りだすや筆を舐《な》め、巻紙におけいの艶姿《あですがた》を描きだす。

まったく、冗談じゃない。

「とんだ稲荷巡りじゃねえか」

浮世之介は絵を描くと満足げに腰をあげ、こんどは人形町大路を取ってかえし、芳町に足を踏みいれた。

ここは陰間の巣窟《そうくつ》、淫靡《いんび》な匂いがただよっている。

拐《かどわ》かされるので近づいてはならぬと、日頃から注意されている界隈だ。

「ええい、ままよ」

いざとなれば、大声で呼べばよい。

ともかく、大きな背中を見失わないように従《つ》いてゆくと、浮世之介は辻々で親しげに声を掛けられた。

相手は厚化粧の男たちだ。

陰間のひとりを黒塀のまえに立たせ、浮世之介は筆を走らせたりしている。

芳町も抜け、こんどは親父橋を渡って魚河岸へ向かった。

この時刻、魚河岸は眠ったように静まりかえっている。

浮世之介は堀留に繋《つな》がれた細長い小舟を描くと、さっと袖をひるがえし、こんどは日本橋へ足を向けた。

南詰めの高札場と相対する片隅に晒《さら》し場があり、女犯《にょぼん》の僧が四人ほど晒されている。

これもまた、さらりと描き、浮世之介は本町三丁目の薬種問屋大路を東へ向かう。

途中、蕎麦《そば》屋に立ちよった。

すでに、正午を過ぎている。

空はあっけらかんと晴れていた。

道端に咲く黄色い花は「母子草」の異名をもつごぎょうであろうか。
雨蛙《あまがえる》が跳ね、脇の水溜《た》まりに飛びこんだ。
空腹に耐えながら待っていると、浮世之介が楊枝《ようじ》をくわえて出てきた。
誰かと談笑している。
みたことのある男だ。
たしか、名は伝次。
尻の軽い女房の尻を嗅《か》ぎまわるごみ野郎だと、誰かが言っていた。
誰であったか。長兵衛ではない。長兵衛はけっして他人の悪口を言わない。
小伝馬町《こでんまちょう》でふたりは別れ、浮世之介は露地の抜け裏から先へ抜けていった。
立ちどまる。
正面には、殺風景な塀が佇んでいた。
頬被《ほおかぶ》りの男がふたり、狭い門から戸板を運びだしている。
戸板に載っているのは、莚《むしろ》に覆われた屍骸《むくろ》のようだ。
汚れた両脚しかみえない。
徳松は息を吞んだ。
ここは小伝馬町牢屋敷《ろうやしき》の不浄口、運ばれていくのは首の無い罪人なのだ。

浮世之介はそばまで駆けより、夢中で筆を走らせている。
あんなものを描くなんて。
背筋がぞくっとした。
罪人を載せた戸板は、牢屋の塀と竜閑川に挟まれた道を遠ざかっていく。
彼方《かなた》には千代田城が聳《そび》え、城の背景には白銀を戴《いただ》く富士山が遠望できた。
絶景だ。
おぞましい屍骸との兼ねあいが鮮やかで、徳松は息を呑んだ。
馴染《なじ》んだ風景も、観《み》る場所と観る者の心境によって変わる。
新鮮な驚きだった。
浮世之介は、つぎの行く先に向かっている。
急いで背中を追いかけ、たどりついたさきは通油町《とおりあぶらちょう》の一角だった。
大きな店がある。
屋号は高富士《たかふじ》、錦絵の版元であった。
いったい、何の用があるのか。
半刻ほど経《た》っても、浮世之介は出てこない。
絵師気取りで、みずから描いた絵を売りこんでいるのだろうか。

いずれにしろ、浮世之介は江戸市中を歩きまわり、愚にもつかない景色や人物を模写している。

これ以上追いかけても、無駄なようだ。

師匠の言ったことは的はずれで、慰めにもならない。

やっぱり、正真正銘の怠け者なのだ。

日没が近づいてきた。

浮世之介は出てこない。

表口の塀には、角大師《つのだいし》の護符と「蟲《むし》」の逆さ文字が貼ってあった。

いずれも、虫封じのまじないだ。金持ちの家にも貧乏人の家にも同じように貼られ、軒下には卯の花が挿してある。

「もえぎの蚊帳あ」

露地裏から、蚊帳売りの声が聞こえてきた。

もう、待つこともない。

徳松は肩を落とし、家路をたどりはじめた。

四

徳松は古びた稲荷社に出掛け、杉の切り株に座り、社殿の軒下を見上げた。
燕はまだ帰ってきていない。
重い溜息《ためいき》を吐《つ》き、木橋を渡って河岸を横切り、兎屋へ戻る。
厠《かわや》にでも立ったのか、帳場に長兵衛のすがたはなく、一枚の錦絵が床に置いてあった。
拾いあげてみる。
薬指で紅を点《さ》す娘が、艶やかに描かれていた。
「ぼっちゃん、そいつはおせんだよ」
唐突に声を掛けられ、腰を抜かしそうになった。
「へへ、驚かしちまったかい」
上がり端《ばな》に小男が座っている。
影聞きの伝次であった。
「小伝馬町の千代田稲荷に、甘茶を呑ませる水茶屋がある。おせんはそこの茶汲み女でね、甘茶のおせんなぞと呼ばれていたが、これといって目を惹くでもねえし、どっちかといやあ地味な娘だった。ところが、どっかの物好きが絵に描き、あろうことか、知りあいの版元と組んで錦絵にしちまった。しかも、船戸屋《ふなと》っていう江戸でも指折りの紅屋の旦那がその錦絵をたいそう気に入り、紅を売りこむ引き札に使いてえと言いだし、錦絵を何千枚と摺《す》って江戸じゅうに配ったのさ」

錦絵が評判になった途端、おせんはすがたをくらました。

伝次は船戸屋の旦那に頼まれ、おせんの行方を捜しているのだという。

「もう、わかったろう。おせんを絵にした物好きってのは、おめえのおとっつあんさ。何をやらせても玄人《くろうと》はだしだが、絵筆も使えるたあ、知らなかったぜ、ふへへ」

伝次が薄気味わるく笑ったところへ、長兵衛が戻ってきた。

「やい、影聞きの、うちのぼんをからかうんじゃねえぞ」

「へへ、からかっちゃいねえ。兎屋の親方は目利きだってはなしを教えてやったのさ」

「そいつがいけねえ。ぼんが色気づいちまったら、どうしてくれる。なあ、ぼん」

徳松は耳まで赤くなり、錦絵を抛《ほう》って奥へ引っこんだ。

しばらくして伝次は去り、入れ替わりに、浮世之介が帰ってきた。

戸陰で立ち聞きしていると、長兵衛が一日の報告をひととおり喋《しゃべ》った。

浮世之介は気のない様子で聞き、錦絵の件にもさほどの関心をしめさない。

「おせんか、そういや、ここんとこ見掛けねえなあ」

自分で描いたおせんについても格別の感情は抱いておらず、気まぐれで錦絵にしただけのようだった。

長兵衛は、白けた顔で話題を変えた。

「そういえば、玉やの遣いがまためえりやしてね。親方が徳ぼんを連れて謝りにこいと、生意気を抜かしやす」

「ほう」

「先様はかんかんに怒っているご様子で、出るところに出てはなしをつけようと息巻いているんだとか。どうしやしょうかね」

「放っておきゃいい」

「え」

「子供の喧嘩に口を出してもはじまらねえさ」

「そりゃ、そうですがね、先様の洟垂れは腕を折っちまったとかで」

「おまえさん、みたのかい」

「いいえ、みちゃおりやせんが」

「それじゃ、折ったかどうかはわかるまい。かりに、折ったとしても、命に別条がねえかぎり、親がしゃしゃり出るこたあねえさ」

「へ、承知しやした」

徳松はほっとし、少しばかり浮世之介を見直した。

が、そんな気持ちも、錦絵に描かれた女のことも、ひと晩寝て起きたら、すっかり忘れてしまった。

五

翌朝、手習い所に行くと、師匠の六郎兵衛が鬼の形相で待ちかまえていた。

「こら、徳松、昨日はどうしておった」

頭ごなしに怒鳴りつけられ、言い訳もできない。

「厠に立ってろ」

命じられるがまま、外にある厠の脇に午前中ずっと立ちつづけた。

虫除《よ》けに吊《つる》されたぺんぺん草にさえ、笑われているような気がする。

そのうち、鼻がつんとするような臭さも感じなくなった。

昼餉の時刻になっても、六郎兵衛の許しは出ない。

腹の虫は鳴りっぱなしだ。

昼飯を抜いて一刻余り経つと、膝の震えが止まらなくなった。

蹲《うずくま》って休みたいが、そうした途端に、六郎兵衛がやってきそうな気もする。

根性無しと、おもわれたくない。

その一念で立ちつづけ、八つ下がりとなってようやく、六郎兵衛が顔を出した。

表情は鬼のままだ。

「学問を愚弄する者は去れ。こんどずる休みをしたら敷居をまたがせぬからな、覚悟しておけ、返事は」

「はい」

「よし、行け」

足が縺《もつ》れ、厠の側溝に手をついた。

ねっちゃりと、糞《くそ》を握ってしまう。

六郎兵衛はあきれはて、何も言わずに背を向けた。

惨めだった。尊敬する師匠にも嫌われた。

見捨てられた気がして、哀《かな》しかった。
徳松は手を洗い、厠から抜けだした。
表通りを避け、近道の露地裏へ廻る。
棟割長屋の軒下には、点々と卯の花が挿してあった。
立ち小便の跡が黴《かび》になり、壁の随所が朽ちかけている。
どぶ臭さの充満するなかを、急ぎ足で擦りぬけていく。
突如、正面から礫《つぶて》が飛んできた。
抜け裏へ通じる暗がりからだ。
一発目は避《よ》けたが、すぐに別の礫が飛んでくる。
振りかえった。
「それ」
誰かの掛け声とともに、背後からも礫が一斉に投げつけられた。
徳松はたまらず、頭を抱えて蹲る。
全身に鋭い痛みが走り、割れた額からは血が流れた。
「ざまあみろい」
恐る恐る目を上げると、亀太郎がすぐそばでふんぞりかえっていた。

取りまきの乾分《こぶん》どもが四、五人、周囲に集まってくる。

手習い所でいっしょの連中だ。

亀太郎は右腕に布を巻き、首から吊《つ》っていた。

その布をすぽっと外し、腕を上下に振ってみせる。

「ほうら、このとおり、何ともないのさ。大人は莫迦《ばか》だから、疑いもしない。へへ、おまえのおかげで、手習いに行かずともすんだ」

「何だと」

「おっと、やる気か。容赦しねえぞ」

どんと胸を蹴《け》られ、息が詰まった。

蹲ると、乾分どもが折りかさなってくる。

蛙のように潰《つぶ》れ、身動きひとつできない。

亀太郎の爪先が、鼻先まで近づいてきた。

「ふん、おれさまに楯《たて》突くのは十年早えや」

徳松は何発も撲られ、着物をずたぼろにされた。

それでも、謝りはしない。

血反吐《へど》を吐いても、亀太郎の乾分にだけはなりたくなかった。

っていった。

「往生際のわるいやつだな」

四半刻ほど痛めつけられ、それでも黙っていると、亀太郎たちは気味わるがって去っていった。

徳松は何とか立ちあがり、よろめきながら家路をたどる。

髪はざんばら、両瞼《りようまぶた》は腫《は》れ、別人の人相に変わっている。

誰かに縋《すが》りつき、おもいきり泣きたかった。

どうにか兎屋にたどりつくと、長兵衛のすがたが目にはいった。

いつになく、忙しそうだ。

声を掛けづらくなり、徳松は踵《くびす》を返した。

つぎは、玄冶店《げんやだな》へ向かう。

木戸の陰から、しばらく様子を窺《うかが》った。

九尺二間の並びに、おちよの住む部屋もある。

鯔背《いなせ》な魚屋が天秤棒《てんびん》を担ぎ、足取りも軽くやってきた。

「夕河岸の落っこち、鰹だよ、一尾三十文にまけとくよ、持ってけどろぼう」

初鰹も二度目からは、銭で買えるようになる。

嬶ァどもにまじって、おちよもついっと顔を出した。

いそいそと魚売りに近づき、にっこり微笑《ほほえ》んでみせる。

「くださいな」

「まいど」

「いい男っぷりだねえ、あんた」

「へへ、ご新造《しんぞ》さんにゃかなわねえな、一尾まけときやすぜ」

「あら、ちょいとおまえさん、惚《ほ》れちゃいそうだよ」

軽口を叩きあうふたりのあいだに、はいりこむ余地はない。

魚屋に悋気《りんき》を感じながら、徳松は長屋の喧噪に背を向けた。

その足でおもんの店を訪ねる手もあったが、いつのまにか、不忍池のほうへ足が向かった。

池畔には猪亭がある。浮世之介に逢えるかもしれない。

どうしたわけか、憎しみさえ抱いていたはずの父親に逢いたくなった。

半刻近くも歩きとおし、不忍池までやってきた。

蓮《はす》の芽が伸びている。

「兎屋のぼん」

無縁坂の下あたりで、誰かに声を掛けられた。

みれば、白髭の老爺が佇んでいる。

「満月先生」

「どうしたのじゃ、そのなりは。喧嘩でもしたのか。どれどれ」

満月先生は手拭《てぬぐ》いを濡《ぬ》らし、血のかたまりを拭《ぬぐ》い、ついでに髷も結いなおしてくれる。

さらには、身に纏った媚茶《こびちゃ》の袖無羽織を着せてくれた。羽織に着られているような感じになったが、襤褸《ぼろ》の着物を表に晒すよりはましだ。

「羅紗《ラシャ》の羽織じゃ。返したいときに返してくれればいい。それより、励んでおるか」

「はあ」

「はあではない。漢字じゃ、字をおぼえぬやつは脳味噌の皺がつるつるになってな、早死にするのじゃぞ。励めよ、寝る間も惜しんでな」

「は、はい」

何やら、気力が湧いてきた。

「狢亭に足を運んでも、浮世殿はおらぬぞ。釣り竿を提げ、どこぞへ行きよったからな」

徳松はぎこちない仕種で礼を言い、浜町河岸までとって返した。

河岸に沿って南に向かい、堀川が大川へ躍りだす落ち口にたどりつく。

そこが中洲、対岸は箱崎だ。

汀《みぎわ》を中心に隈《くま》無く捜してはみたが、浮世之介らしき人影はみあたらない。

「薬研堀のほうか」

咽喉《のど》の渇きをおぼえたところへ、ちりんちりんと鈴音が聞こえてきた。

近づいてみると、顎《あご》の長い町飛脚が土手に寝そべっている。

見掛けどおり、あごと呼ばれる若い衆だった。

徳松を目敏《めざと》くみつけ、にっと前歯をみせる。

「ぼん、こんなとこで何をしておいでです」

「浮世之介を捜しているのさ」

「こっちにゃおられやせんよ。半刻ほどめえに薬研堀で見掛けやしたけど、まだいらっしゃるかどうか」

「そうかい、ありがとう」

去りかけると、呼びとめられた。

「ちょいと、お待ちを」

「何だい」

「ずいぶん、こっぴどくやられやしたね。相手は紅屋のでぶ公ですかい」

「ああ」

「あの野郎、あとでとっちめておきやすよ」

「いいよ。どうせ、子供の喧嘩だから」

「おやおや、ずいぶん大人びていらっしゃる。それにしても、お背中が淋しそうだ。放っちゃおけねえなあ。あっしはこうみえても、かなりのお節介焼きでしてね」

「へえ、そうだったの」

あごは、わざとらしく笑顔をつくる。

「でぶ公に、母無しっ子と言われたんでやしょう。わかっておりやすぜ。おっかさんのことでお悩みなら、あんまり、おもいつめなさんな。あっしなんざ、おっかさんどころか、双親の顔も知らねえ。そんな野郎は世の中に掃いて捨てるほどいるんだ。くよくよしなさんなって」

何か言いたそうにしているので、徳松は訊《き》いてやった。

「ひょっとして、何か隠し事でもあんの」

「いいえ、へへへ」

「まさか、おっかさんのことじゃなかろうね」

「そいつはどうだか。ただ、ここだけのはなし、親方がずっと懇《ねんご》ろにしておられたお方がありやしてね」

「それは」

「ぼんがあんまり可哀相だから、おもいきって喋《しゃべ》っちめえやしょう。じつは、そのお方は品川の南本宿におられやす。宿場はずれに白浜《しらはま》っていう安い旅籠《はたご》がありやしてね、そこで女中を、へい」

名はおつた、年恰好《としかっこう》は三十四、五らしい。

「何やら、面影がぼんに似ているような」

「ほんとうかい」

「あてにゃなりやせん。三月《みつき》めえに遣いはぷっつり途絶えやしたが、それまでの三年間、親方は毎月欠かさず、金を届けておりやした。あっしがこの手で運んでいたんだから、まちげえねえ。こいつは、わけありだなっておもいやしてね」

「品川の南本宿」

「遠い場所でやすよ。明日にでも、あっしが探ってめえりやしょう。だから、今日は熱い湯にでもへえって、ぐっすり眠ってくだせえよ」

あごは喋るだけ喋り、満足げな顔で起きあがった。

「じゃっ、あっしはもうひと仕事ありやすんで。くれぐれも、さっきのはなしはふたりだけの秘密ってことで、お願えしやすよ」

「ああ、わかった、ありがとう」

母への恋慕が、高波のように盛りあがってくる。

明日まで待つ気など、さらさらない。

徳松は箱崎を抜け、東海道を南へ向かった。

六

芝の増上寺《ぞうじょうじ》を手前にしたあたりで、陽が落ちた。

渋谷川を越えると、潮の香りが濃くなった。

あとはどう歩いたか、よくおぼえていない。

海は昏《くら》く、白波だけが閃《ひらめ》いていた。

芝の金杉から品川宿までは一里余り、東海道の大縄手をひたすら南に歩いていく。

母に逢いたいという気持ちだけが、前へ前へとからだを押した。

空腹は感じない。竹筒に水だけは汲んできた。

水を呑みながら、松林の道を歩きつづけた。

倒れそうになっては背筋を伸ばし、重い足を引きずった。

品川の北本宿に着いたときは、亥刻《いのこく》をまわっていた。

江戸の市中ならば町木戸の閉まる頃だが、街道の旅籠には煌々《こうこう》と灯が点《つ》き、不夜城のおもむきを呈している。品川には千人を優に超える宿場女郎がいるという。辻々にも白塗りの安女郎が立ち、酔客を引っかけていた。

そうしたなかを、物乞いも同然の子供が歩いていく。

誰ひとり、気づくものとてなかった。

南本宿は目黒川を渡ったさきにある。

北本宿にくらべて寂れ、木賃宿などの安宿が多い。

徳松は棒鼻がみえるところまで、ともかくもすすんだ。

そこに、ぽつんと安旅籠が佇んでいる。

看板には消えかかった文字で「白浜」とあった。

「ここだ」

ほっと息を吐《つ》いた途端、その場にへたりこんだ。

しばらく休み、旅籠の表口を窺う。

もちろん、おつたという女中が母親ときまったわけではない。親切を安売りするあごも、そう言っていた。

徳松はしかし、藁《わら》にも縋《すが》るおもいで敷居をまたいだ。

「何だ、おめえは」

下足番にいきなり糺《ただ》され、俯いてしまう。

「物乞いなら去《い》ね、さあ、行った、行った、小汚ねえ面あ晒すんじゃねえ」

おもいきって、おつたの名を出してみる。

「おつたに用があんのか。だったら、勝手口にまわりな。呼んどいてやる」

言われたとおり、露地裏のどぶ板を踏み、勝手口にまわった。

しばらく待っていると、薹《とう》の立った女中が襷《たすき》掛け姿であらわれた。

「あたしに用があるってのは、あんたかい」

「はい」

「誰の遣いだい」

「え」

「遣いなんだろう、早く文をみせな」

「文はありません。おいらは兎屋の徳松です」

「兎屋……あっ、浮世の旦那の倅《せがれ》かい」

「はい」

「浮世の旦那は、いっしょなのかい」

「いいえ、ひとりで来ました」

「どうしてまた、こんなところに」

「用はないんです。ただ、何となく」

「何言ってんだい。用もないのに、九つの子がたったひとりで品川くんだりまで来るかってんだ。まあ、いいさ。浮世の旦那は恩人だからね」

「恩人」

「そうだよ。まあ、おあがりな。腹が空《す》いてんだろう」

そういえば、昼も抜いたので、朝から何も食べていない。

おつたは奥へ引っこみ、芋粥《いもがゆ》をはこんできてくれた。

湯気の立った椀《わん》を受けとり、ずるっと汁を啜《すす》る。

ようやく、人心地がついた。

「待ってな、用事を済ませてくるからね」

おつたはしばらくして、箱枕を後生大事に抱えてきた。

「あたしのおとっつあんは、兎屋のご先代と囲碁仲間でね、ご先代が亡くなられたときはそりゃがっかりしたものさ。五年前に胸を患ってからは、寝たきりになっちまった。そいつを耳になされた浮世の旦那が、ある日、むさ苦しい裏長屋を訪ねてこられたんだ。先代のだいじなお仲間を見殺しにはできない。だから、薬代を届けたいと仰《おつしや》るんだよ。もちろん、お断りしたさ。お気持ちだけ頂戴したいと申しあげてね」

ところが、翌月から三年ものあいだ、毎月欠かさず、一両が届けられるようになった。

「おかげさまで、おとっつあんを長生きさせることもできた。三月前に逝っちまったけどね、みじめな最後を送らずに済んだのは、浮世の旦那のおかげさ。どれだけ感謝しても足りないくらいなんだよ」

おつたはしんみりと言い、手拭いで目頭を押さえた。

「おまえさん、どうすんだい」

「帰ります」

「帰るって今から」

「はい」

「そいつは無理だ。あたしが何とかするから、蒲団《ふとん》部屋に泊まっておいき」

「それから、ひとつ頼まれておくれ。ここに浮世の旦那から送っていただいた手つかずの三両がある。御礼方々お返ししなくちゃっておもっていたけれど、なかなか伺う機会がなくってねえ。おまえさん、すまないがことづかっておくれ。もちろん、御礼にはいくよ。近いうちに、かならずね」

「すみません」

徳松は三両を預かり、蒲団部屋に連れていかれた。

おつたは母ではない。母親に逢えるという希望が消えたかわりに、浮世之介のことが恋しくなった。

あんなやつでも、いいところがある。

そうおもったら、矢も楯もたまらず、一刻も早く顔を拝みたくなった。

うそ寒い蒲団部屋で膝を抱えていても、朝までどうせ眠れそうにない。

眠ることができないなら、東海道を歩きつづけ、一歩でも家に近づきたい。

徳松は我慢できなくなり、蒲団部屋からそっと抜けだした。

裏手から外へ飛びだし、暗い隧道《ずいどう》のような細道に迷いこむ。

空には月も星もない。

行く手には漆黒の闇《やみ》が大きな口を開けていた。

「変だな」
しばらく歩いて、はたと立ちどまった。
目印の目黒川が、いっこうにみえてこない。
しかも、右手にあるはずの海が左手にみえる。
どうやら、方角をまちがえてしまったらしい。
徳松は、ざくっと砂浜を踏みしめた。
曲がりくねった松の木のそばに、木柵で囲われた寒々しいところがある。
「うっ」
足を止めた。
何とそこは、鈴ヶ森の刑場にほかならない。
獄門台のうえに、蓬髪《ほうはつ》を靡《なび》かせた生首が晒してある。
徳松は波音を聞きながら、激しく嘔吐《おうと》した。
踵を返しても、足が砂地にとられ、おもうようにすすまない。
おつたのもとへ戻ろうにも、方向がわからなくなった。
ともかく、街道を北へ向かおう。
そのとき、提灯《ちょうちん》がひとつ近づいてきた。

「ぼうず、どうした」

誰かが声を掛けてくる。

物盗《ものと》りか。

徳松は身構えた。

命さえ助かるなら、懐中の三両はくれてやってもいい。

提灯がさらに近づいた。

相手はどうやら、日和合羽《ひよりがっぱ》を纏う旅人のようだ。

悪人でないことを、徳松は祈った。

「おめえ、震えてんじゃねえか」

「へ……平気です」

「ふふ、怖がらなくてもいいんだぜ。おれは時造《ときぞう》ってもんだ。でい、でい、この掛け声が何だかわかるかい」

「雪駄《せった》直し」

「そうだ、おれはでいでいの雪駄直し、怪しいもんじゃねえ。おめえ、物乞いの子か」

「いいえ」

「家はどこだ」

「人形町のほうです」

「日本橋のか」

「はい」

「おとっつあんは何やってんだ」

「紅屋です」

咄嗟《とっさ》に嘘《うそ》を吐いた。

どうしたわけか、素姓を明かしたくなかった。

時造とかいう雪駄直しは、優しい口調でたたみかけてくる。

「ほう、紅屋か、屋号は」

「玉やです」

「玉や、聞いたことがあるな」

眸子《まなこ》がきらっと光ったのを、徳松は見逃さなかった。

「どっちにしろ、ずいぶん遠いじゃねえか。何なら送ってやろうか」

「いいえ、結構です」

「遠慮するなって」

雪駄直しはにやりと笑い、がしっと手首をつかんだ。

七

気づいてみると、藁床に転がされていた。
ここは馬小屋であろうか。糞《くそ》の臭いがする。
身動きができない。手足を縛られ、太い柱に繋がれている。
真っ暗だ。陽光の漏れ射す隙間もない。
夜なのか。
蔵の中かもしれない。
暗闇に目が慣れてきた。
やはり、土蔵のようだ。
すぐそばを鼠《ねずみ》が走りぬけた。
「ひゃっ」
悲鳴をあげた。
ぎぎっと石臼を挽《ひ》くような音が響き、手燭《てしょく》が翳《かざ》された。

跫音《あしおと》を忍ばせてやってきたのはひとり、若い女のようだ。

手にした丸盆には、握り飯ふたつと沢庵《たくあん》が載っけてある。

女は手燭と丸盆を土間に置き、腕の縛《いまし》めを解いてくれた。

「足のほうは堪忍だよ、ほら、お食べ」

握り飯が差しだされた。

徳松はこれを受けとるや、貪《むさぼ》るように頰張った。

「うぐっ」

飯が咽喉に詰まる。

目を白黒させる徳松を、女はおもしろがった。

「無理もないね。丸一日、何ひとつ腹に入れてないんだから」

「ってことは、今は夜かい」

「そうさ」

手燭の灯りに照らされた女の顔をみて、徳松はあっと声をあげそうになった。

——おせん。

錦絵の女だ。

千代田稲荷のおせんにまちがいない。

どうして、こんなところにいるのだろう。

「さ、余計なことは聞かずにお食べ」

「うん」

竹筒の水を口にふくみ、握り飯を頬張った。

「あんた、九つなんだってねえ。どうしてまた、あんな真夜中に品川くんだりをうろついていたんだい」

母親を捜していたなどとは、恥ずかしくて言えない。

応えられずにいると、おせんが助け船を出してくれた。

「よほどの事情があったんだね。言いたくなけりゃ、言わなくていいよ」

徳松は沢庵をぽりぽり囓《かじ》り、おせんにまた笑われた。

一見したところ、年恰好はおちよと同じくらいだろう。

派手さはないが、色気はある。浮世之介が錦絵の下絵に描いただけあって、目鼻立ちは整っていた。

「どうでもいいけど、どじだね。飛んで火にいる何とかってのは、あんたのことさ」

「おいらは虫じゃねえ」

「そうかい。ふふ、向こうっ気だけは強そうだね。いいかい、ちゃんと教えとくけど、あんたは拐《かどわ》かされたんだよ」

「え」

あらためて事の重大さに気づかされた。

よく切れる刃物で胸を刺された気分だ。

「でいでいの雪駄直しが、あんたを抱えてきたんだよ。あいつは沓手《くって》の時造といって
ね、闇の世界じゃちったあ知られた小悪党さ」

おせんはそこまで喋り、はっとして口を噤《つぐ》んだ。

いつのまにか、背後に痩《や》せた人影が立っている。

「おせんよ、てめえ、ちと喋りすぎだぜ」

嗄《しわが》れた声の持ち主が、闇の底から顔を出す。

沓手の時造ではない。鰓《えら》の張った青魚のような顔だ。

徳松は目を背けた。

「それからな、握り飯は小せえのをひとつだけと言ったはずだぜ」

「でも、この子は何にも食わずに丸一日」

「うるせえ」

ぱしっと、小気味良い音がした。

鰓男が平手でおせんを叩いたのだ。

おせんはよろめきながら、扉のほうへ向かった。

鰓男は前屈みになり、煙管《キセル》に詰めた煙草《タバコ》に火を点ける。

手燭の光が漆喰《しっくい》の壁に男の影を映しだした。

煙がゆっくりと立ちのぼった。

「小僧、余計なことを知れば、命を縮めることになるんだぜ。九つの洟垂れでも、生まれたての赤ん坊でも容赦はしねえ。おれはそういう男だ」

恐怖に駆られ、咽喉が干涸《ひか》らびたようになった。

「安心しな、簡単にゃ殺さねえよ。おめえはでえじな金蔓《づる》だからな。へへ、それにしても妙なはなしだぜ。おせんを引き札に使ったのも紅屋だった。今年はよっぽど、紅屋と縁があるらしい」

引き札の下絵を描いたのが浮世之介で、拐かしたのがその息子と知れたら、もっと驚くにちがいない。

いずれにしろ、徳松の嘘がばれるのは、そう先のことではなさそうだ。

嘘がばれたら、どうなるかわかったものではない。

殺されるのかもとおもえば、恐怖はいっそう募る。

徳松はひとり、蔵のなかに取りのこされた。

鰓男は何者なのか、何を狙《ねら》っているのか、おせんとはどういう関わりがあるのか、考えなければいけないことはいっぱいある。

それにしても、幾重にも不運が重なってしまった。

もとをたどれば、築地の御門跡で亀太郎を撲ったことからはじまったのだ。

撲るには理由があった。浮世之介を莫迦《ばか》にされたからだ。

ということは、浮世之介が不運の原因ということにもなる。

ちゃんとした父親ならば、こんなふうにならずに済んだかもしれない。

でも、恨みはなかった。

おいらが死んだら、線香の一本もあげておくれ。

「な、おとっつあん」

徳松はちからなくつぶやき、浅い眠りに落ちた。

八

手燭の強烈な光で目を醒《さ》ました。

どれほど眠ったのか、わからない。

目のまえに人懐こそうな顔があった。

でいでいの雪駄直し、沓手の時造だ。

「へへ、嘘を築地の御門跡、てか」

時造は駄洒落《だじやれ》を言って笑い、徳松の頬を軽く叩《はた》いた。

嘘がばれたのだ。

「玉やの洟垂れはでぶ公だったぜ。小僧、てめえ、どこの小倅だ。正直に吐かねえとな、ほんとに死んじゃうよ」

時造はぐいっと、着物の襟を引きおろしてみせる。

匕首《あいくち》を呑んでいた。

顔は優しげでも、やっぱり悪党なのだ。

「さあ、吐きな。おめえはどこの小倅なんだよ」

「兎屋の子さ」

「兎屋、何だそりゃ」

「ちりんちりんの町飛脚だよ」

「あったな、へっつい河岸の兎屋か。たしか、妙ちくりんな風体の野郎がいやがった」

「おとっつあんさ」

「へえ、おめえ、あの野郎の小倅か。なるほど、玉やが店を構える人形町とへっつい河岸は近え。玉やの洟垂れとは、だちなのか」

「そんなんじゃないさ」

「だったら、何でそいつになりすました」

「知らないよ」

「ふん、まあいいや。おかげで、いろいろ調べさせてもらったぜ。へへ、玉やはいい鴨になる。こんどは、でぶ公をさらってやるさ」

「え」

「段取りはできた。玉やの小倅をさらっちまえば、おめえに用はなくなる。ってえことは……」

暗がりから、ふくみ笑いが聞こえてきた。

「……ぐふふ、おめえの命も風前の灯火《ともしび》ってことだな」

時造は、ふっと手燭の炎を吹きけした。

人の気配が消え、石臼を挽くような音がつづく。

徳松は手足を縛られたまま、がたがた震えはじめた。
どれだけもがいても、いましめからは逃れられない。
あきらめて、時の経つのを待った。
うとうとしかけたところに、鼠がまた走りぬけていく。
「ひゃっ」
悲鳴をあげ、覚醒した。
いつのまにか、誰かが鼻先に屈んでいる。
「あたしだよ。ほら、おむすび」
おせんは身を寄せ、腕の縄を解いてくれた。
島田くずしの鬢《びん》が頰に触れ、優しい香りがふわっと匂いたつ。
蜜柑《みかん》の香りであろうか。
「どうしたんだい、震えているよ」
おせんは、そっと手を握ってくれた。
温い。
震えはおさまった。
「時造のやつに脅されたね。でも、安心おし、あんたみたいな年端もいかぬ子を殺《や》らせやしないよ、ね、だから気を強くもつんだよ」

徳松はこっくり頷《うなず》き、握り飯を頬張る。

「あんた、浮世の旦那の子なんだって」

「うん」

「そいつを聞いて驚いたよ。浮世の旦那は水茶屋によく来てくれて、埒《らち》もないことを言っては笑わせてくれたものさ。あたしなんぞを絵に描いてくれてね、恥ずかしいから嫌だって言ったんだけど、ほんとは嬉しかった。ところが、どうしたわけか、旦那の描いた絵が錦絵になっちまったのさ。しかも、船戸屋っていう紅屋の引き札に使われたもんだから、あたしの顔は江戸じゅうに知れわたってね、水茶屋をやめるはめになっちまったんだよ」

「どうして。水茶屋にいれば、人気者になれたかもしれないのに」

「茶汲み女は世を忍ぶ仮姿でね、あたしの本業は他人様《ひとさま》に顔を知られちゃいけないのさ」

「悪党の一味なのかい」

「ふふ、ずいぶんはっきりと聞いておくれだね。そうさ。なりたくてなったわけじゃないけど、一味であることにかわりはない」

やっぱり、そうなのか。

わかってはいても、徳松はがっかりした。

「あたしの頬を叩いた偉そうなやつ、あいつは烏帽子《えぼし》の富次郎《とみじろう》といってね、表向きは烏帽子屋だけど、勾引《かどわかし》を本業にする悪党さ。でも、あたしにゃ、あの男から逃れられない理由がある。ま、子供のあんたに言っても仕方のないことだけどね」

おせんはほっと溜息を吐き、はなしを変えた。

「おとっつあんのことは、あいつらには言ってないよ。でも、あいつらは浮世の旦那に感謝しなくちゃならないね」

烏帽子の富次郎は、船戸屋に強請《ゆすり》を掛けたのだという。

「あたしの顔を無断で使ったことを楯に取り、二百両ばかし脅しとったのさ」

ふと、影聞きの伝次が言ったことをおもいだした。

伝次は船戸屋に頼まれ、おせんを捜しているのだ。

おおかた、二百両の件が絡んでいるにちがいない。

「さ、そろそろ行かないと。また、烏帽子のやつに叱られちまうよ」

おせんは去り、ふたたび、闇が訪れた。

九

それからほどなくして、亀太郎が蔵に抛《ほう》りこまれてきた。

「へへ、ほうら、だちを連れてきてやったぜ」

沓手の時造につづいて、烏帽子の富次郎も顔をみせる。

烏帽子のほうが偉いので、亀太郎の首根っこをつかんで引きずったり、手足を縛ったりするのは沓手の役目だ。

亀太郎は、洟を垂らしながら泣いていた。

自分がどうされたのかも、きちんとわかっていないようだ。

徳松は、申し訳ない気持ちでいっぱいになった。

亀太郎は、自分のせいで捕まったのだ。

もちろん、亀太郎には知る由もないことだ。

徳松と鉢合わせにされ、きょとんとし、泣き笑いの顔になる。

地獄で仏をみたような顔だった。

烏帽子の富次郎が薄く笑った。

「でぶ公をさらったら、おめえを始末する腹だったがな、気が変わった。調べてみたら、兎屋もけっこう儲けているらしい」

　沓手の時造が応じてみせる。

「けけ、しょぼくれた番頭に感謝しな。兎屋は長兵衛とかいう番頭で保《も》っているようなもんだ。ただしな、小僧、安心するのはまだ早えぞ。おめえの親父に可愛《かわい》い息子を救う気があんのかどうか、そいつはまだわからねえ。なにせ、一千両を吹っかけようってはなしだかんな」

「玉やは倍の二千両、兎屋と合わせて三千両だ。半分でも手にできりゃ御《おん》の字、金輪際、危ねえ橋を渡らずに済む」

「江戸ともおさらばできるってことだ、な、兄貴」

「そういうこった」

「ところで、おせんはどうする。兄貴の腹違いの妹だから大目にみてきたけど、あの女は裏切るかもしれねえぜ」

「ああ、そうかもな。あいつにゃ良心っていう厄介なもんがある。育ててやった兄貴のおれへの義理立てから、悪事の片棒を担いでいるにすぎねえ」

「それがわかってんなら、どうにか始末をつけようぜ」

「わかってらあ」

「どうするんだ」

「どうするって、おめえ……がきどものめえで相談することでもあんめえ」

「それもそうだ」

ふたりは蔵から出ていった。

闇のなかから、亀太郎のしゃくりあげが聞こえてくる。

「泣くなよ、なあ」

徳松は優しい気持ちになった。

「ごめんよ、ぜんぶ、おいらのせいなんだ。たまさか悪党に捕まって、亀太郎になりすました。それで、こんなことになっちまったのさ。許しておくれ、ほんとうに、ごめんよ」

ぴたっと、しゃくりあげが止まった。

息苦しい沈黙のあと、亀太郎が弱々しく吐いた。

「この野郎、許さねえぞ」

「わるいのはおいらだ。煮るなり焼くなり、好きにしてくれ。でも、生きてここを出られたらのはなしだよ」

「殺されるはずはねえ。おいらのおとっつあんは金を払う。二千両ぽっち、どうってことはねえ、屁《へ》の河童《かつぱ》さ。おめえのとこはどうだ」

「一千両は大金だから、無理かもな」

「おめえは殺され、おいらは生きのこるって寸法か」

「いいや、金を払っても、戻されることはないさ」

「どうして」

「やつらの顔をみちまったじゃないか。悪党が顔を堂々と晒すってことは、最後に始末する腹があるってことだろう」

「げっ」

亀太郎は黙り、めそめそしだす。

「泣くなよ」

「じゃ、どうすりゃいい」

「縄を解き、ここから逃げだすしかないな」

「そんなのは無理だろ」

「やってみなけりゃわからないさ。そのためには、ふたりでちからを合わせなきゃ」

「ちからを合わせる。おめえとか」

「そうさ。蔵のなかには、ふたりしかいないからね」

亀太郎は、じっと考えている。

「どうだい、いっしょにやってみるかい」

「う、うん」

「よし、ところで、今は昼か夜か、どっちかな」

「夕方さ。明日は望月だ」

となれば、拐かされて三日目の夕刻を迎えたことになる。

「兎屋の連中も、手習いのお師匠も、おめえのことを捜していたぜ」

「え、そうなのか」

「ああ、今日になって神隠しに遭ったと言う者が出てきた。浮世之介がそいつをとっつかまえ、平手打ちを食わしたらしい」

「ほんとか」

「おめえは元気な顔で、ひょっこり帰《け》えってくる。そう信じてんのは、おめえのおとっつあんだけだとさ」

徳松はぐっときた。が、泣いているときではない。

「それにしても、おめえ、蔵のなかに三日もいるのか」

「そうだよ」

「強えな、おめえ」

暗くて表情はわからないが、亀太郎は心の底から感心しているようだった。

十

逃げる機会があるとすれば、腕のいましめを解かれる飯のときしかない。

徳松は、おせんを待った。

おせんには申し訳ないが、今はここから脱出することで頭がいっぱいだ。

待ち人はいっこうにあらわれず、空腹も絶頂を迎えた。

次第に心細くなってくる。

「徳松、腹あ減ったたな」

「ああ」

「今何刻かな」

「真夜中さ、きっと」

「ここはどこだろうな」

「そうだ、何かおぼえていないか」

亀太郎は人形町の露地裏で遊んでいるとき、雪駄直しの時造に声を掛けられた。当て身を食らい、気づいたときには暗がりに連れこまれていたという。

ただ、蔵に押しこめられる直前には意識を取りもどしており、ほんの一瞬だけ、建物と建物の狭間《はざま》に夕景をみた。

「どんな景色だい」

「お城と赤富士もみえたな。それから、狭い川が流れていたかも」

徳松の脳裏に、ひとつの風景が浮かんだ。

小伝馬町の牢屋敷裏手、莚に覆われた罪人が堀川沿いの道を運ばれてゆくさきに、千代田城と富士山がみえた。

もしかしたら、牢屋敷のそばかもしれない。

しかも、近くで蔵のありそうな界隈といえば、馬喰町《ばくろうちょう》の公事宿《くじやど》街だ。

もし、勘が当たっていれば、人形町やへっつい河岸まではさほど遠くもない。

希望が湧いてきた。

「徳松、腹が減りすぎて動けねえ。立つどころか、指一本動かすのも億劫《おっくう》だ」

「情けないことを言うな」

「そうだな、おめえにくらべりゃ、てえしたことはねえな。うまく逃げおおせたら、おいらは腹一杯食うぞ。饅頭《まんじゅう》に安倍川《あべかわ》に羽二重団子に練り羊羹《ようかん》に……」

「甘いもんばっかじゃないか。だから、ぶくぶく肥《ふと》るのさ」

「ふへへ、そうだよな」

いつもなら怒りだすのに、亀太郎は笑っている。

窮地に立たされたことで、気持ちのありようが変わったのだ。

徳松は亀太郎を鼓舞しつつも、どうしようもない疲れを感じていた。

体力の限界が近づいているのだ。

一刻も早く、どうにかしなければ。

焦りだけが募った。

そのとき。

ぎぎっと、重い扉が開いた。

おせんだ。

瞼を腫らしている。

烏帽子の富次郎に撲られたのだ。

おせんは口を噤んだまま、涙すら浮かべ、淡々と用事を済ませていく。

「堪忍しとくれ。食事は小さいおむすびがひとつずつ、それきりだよ」

腕のいましめを解かれた亀太郎に、小さな握り飯が与えられた。

徳松のいましめが解かれているあいだに、亀太郎は握り飯を食いおわる。

「もう、ねえのかい」

「わるいね、それで我慢してもらわなくちゃ」

「待って」

横から徳松が声を掛ける。

「おいらのぶんをあげるよ」

「ふん、安いお情けかい」

「亀太郎にやっとくれ」

「泣かせるはなしじゃないか、わかったよ」

おせんが握り飯を与えると、亀太郎は泣きながらそれを頬張った。

すべて食べおえると、亀太郎はまた縄で後ろ手に縛りつけられる。

おせんは何も言わず、こちらに背を向けた。

「あ、待って」

徳松は呼びとめた。

おせんは振りむき、にっこり笑う。

何も言わず、蔵から出ていった。

亀太郎が訊《き》いてくる。

「おめえ、何で呼びとめたんだ」

徳松は応えるかわりに、亀太郎の肩に触れてやった。

「あっ、縄」

「そうさ、おせんさんはわざと縄を掛けずにいった。おいらたちを逃がしてくれようって気なんだよ」

「ほんとか」

「おいらが呼びとめても、何も言わずに行っちまったろう。あれが証《あか》しさ」

「でも、どうして」

「おいらたちが殺られるってことを知ったからさ、きっとそうにきまってる」

「げっ」

「おいらたちを逃がせば、おせんさんは命が危なくなる。それでも、助けてくれようとしてんだよ」

徳松は口を動かしながら、足の縄を解いた。

亀太郎の縄も解いてやる。

「さあ、行こう」

「行こうって、おめえ」

「たぶん、扉も開いているはずさ」

起きあがった途端、徳松は尻餅をついた。

「おめえ、大丈夫か」

亀太郎は手探りで近寄り、肩を貸そうとする。

と、そこへ、跫音がひとつ近づいてきた。

「うえっ、人殺しが来やがった」

「亀太郎、逃げろ」

「おめえはどうする」

「囮《おとり》になる。その隙に逃げだし、助けを呼んできてくれ」

「わ、わかった」

亀太郎はまた、しゃくりあげる。

「泣くなよ」

「う、うん」

跫音が扉のまえで止まった。

龕灯《がんどう》を翳し、沓手の時造がはいってくる。

「ふん、おもったとおり、鍵が開いていやがった。おせんのやつ、ただじゃおかねえ」

「わあああ」

徳松は、声をかぎりに叫んだ。

「がきども、逃げようたってそうはいかねえぞ」

龕灯が左右に揺れながら、そばに近づいてくる。

「ふわあああ」

徳松は叫びながら、右に左に走りはじめた。

これを光が追いかける。

「独楽鼠《こま》め、止まらねえと殺すぞ」

騒いでいるあいだに、どうやら、亀太郎はまんまと逃げおおせたようだ。

徳松も駆けまわりながら、扉の隙間を擦りぬけようと狙っていた。

「よし、今だ」

時造の小脇をうまく抜け、扉のわずかな隙間に飛びこむ。

擦りぬけた。

と同時に、固い壁のような人の腹にぶつかった。

「うわっ、烏帽子」

鰓の張った顔が、ぬっと近寄ってくる。

「小僧め」

大きな掌《てのひら》で頬を張りたおされ、徳松は気を失った。

十一

満月が群雲に隠れると、あたり一面は漆黒の闇に閉ざされた。

ただ、白い枳殻《からたち》の花弁《はなびら》だけが残光を浴び、髑髏《どくろ》のように光っている。

隣には葦簀張りの水茶屋がひっそり佇んでいた。

徳松が連れていかれたさきは、何のことはない、おせんが働いていた水茶屋のある千代田稲荷の境内だった。

すでに、亥刻をまわっている。

境内には人影ひとつない。

徳松は猿轡《さるぐつわ》を填《は》められ、後ろ手に縛られていた。

もぞもぞ手を動かすと、時造が下げ縄を引っぱった。

「勝手に動くんじゃねえ」

ふたりは大きな杉の木陰から、境内の一点をみつめている。

そこに、龕灯を提げた烏帽子の富次郎が立っていた。

おせんのすがたはない。どうなったかもわからない。

「でぶ公は逃がしたが、玉やとはうまく手打ちができた。拐かそうとおもえば、いつだってできる。そうやって脅したら五百両出しやがった。さすがは大店だぜ、気前の良いはなしじゃねえか、なあ。だがよ、おめえのほうはそうはいかねえ」

悪党どもは兎屋に、二千両もの身代金を要求した。

「鐚《びた》一文もまけられねえぜ。おれたちを虚仮《こけ》にした報いだ」

千代田稲荷の境内に呼びつけられたのはふたり、浮世之介と番頭の長兵衛だった。

「ひとりで二千両を運ぶのは無理だろうからな。呑太郎としょぼくれふたりなら、心配えはいらねえ。それによ、お上に訴えたり、下手な小細工をしたら、おめえの命はねえと伝えてある」

臭い息を吐きかけられても、徳松は耐えつづけた。

空腹と疲れから、恐いとか、哀しいとか、そうした感情は湧いてこなかった。

「さあて、おめえの親父は来るか来ねえか。二千両といや、ちったあそっとでつくれる金じゃねえ。いくら息子のことが可愛くても、世の中にゃできねえこともある。本音を言えや、五百両で泣きを入れてくりゃ許してやってもいい」

徳松はうんうん唸《うな》り、目顔で訴えた。

「喋りてえのか」

必死に頷くと、時造はわずかにためらった。

「騒いだら、ぶすりだぜ」

猿轡が外れると、徳松は堰切ったように喋りだした。

「浮世之介は来やしないさ。おいらはほんとの子じゃない。拾われっ子なんだよ」

「ふん、戯《ざ》れ事を抜かしやがる」

「おいらのことなんか、可愛くもなんともないはずさ。だから、ぜったいに来やしない」

「そうかい。ま、そんときはそんときだ。おれたちの脅しが本物だってことを、世間に知らしめてやらあよ。へへ、覚悟しとくんだな。そろそろ刻限だぜ」

徳松は、また猿轡を填められた。

じりじりするような時が過ぎた。
「くそっ、来やがらねえ」
時造もいらついている。
約束の刻限は疾《と》うに過ぎていた。
徳松も奈落へ落とされた気分だった。
口では強がりを吐いたものの、ほんとうは浮世之介に来てほしいとおもっていた。
が、境内は闇に沈んでいる。
やはり、来てくれそうにない。
おいらは、見捨てられたんだ。
と、そのとき。
龕灯が、ふっと動いた。
かぼそい光が参道を映しだす。
「ふふ、来やがった」
時造は囁《ささや》き、ほくそ笑んだ。
鶏冠《とさか》頭の男がひとり、よたよたしながら近づいてくる。
——おとっつあん。

徳松は身を乗りだし、下げ縄を引っぱられた。

「ふへえ、あの野郎、ひとりで二千両担いできやがった」

浮世之介は両肩にひとつずつ、千両箱を担いでいた。

箱のなかに小判千枚がはいっているとすれば、担いで担げない重さではないが、かなりの腕力を必要とすることはたしかだ。

浮世之介は心もとない腰つきで参道をすすみ、烏帽子の富次郎に対峙《たいじ》した。

富次郎は用心のため、水玉模様の手拭いで頬被りをきめこんでいる。

一陣の風が吹き、群雲の狭間から月が顔を出した。

浮世之介はいつもと変わらず、涼しげな顔だ。

墨染めの着物の胸元で、大きな髑髏が嗤《わら》っている。

いや、遠目に髑髏とみえた文様が枳殻の花であることを、徳松は知っていた。

富次郎の声が聞こえてくる。

「兎屋の親方だね。ひとりで来るとはいい度胸だ、褒めてやるぜ」

「悠長なことを言ってないで、降ろすのを手伝え」

「まあ焦るな。よくそれだけの大金が掻《か》きあつめられたな」

「紅屋の旦那に借りたのさ」

「ほう、玉やの強突張《ごうつくば》りがよく貸してくれたじゃねえか」

「そっちの紅屋じゃねえよ。船戸屋のほうさ」

「ふうん、おめえ、船戸屋とも知りあいなのか」

「狢仲間でね」

「狢だと、ふん、妙なことを言いやがる」

「喋りはそのくれえにしてくれ。重くて適《かな》わん、なにせ、二千両だからな」

「中味をたしかめさせてもらうぜ」

「ああ、そうしてくれ。でもほら、ご覧のとおり、両手がふさがっている。そっちが手伝ってくれねえと、降ろせねえのさ。手伝ってくれねえなら、抛りなげてもいいよ。でも、あいにく錠を掛けわすれてね、抛ったら小判がそこいらじゅうに散らばっちまう。それでもいいのかい。いいってんなら、ほれ」

　浮世之介が抛るふりをすると、富次郎は待ったをかけた。

「待て、よし、手伝ってやる。ただし、小細工をしたら、がきの命はねえぞ」

「そのがきの顔を、みせてほしいんだがね。どうせ、近くに連れてきてんだろう」

　富次郎は、少し考えてから頷いた。

「いいだろう」

龕灯が左右に揺れ、合図が送られてくる。

時造は急いで頬被りをし、徳松の背中を押した。

「よし、行け」

よろめきながら木陰から躍りだし、根っ子に躓《つまず》いて転ぶ。

襟首をつかまれ、すぐに引きおこされた。

時造は匕首を抜き、これみよがしに閃《ひらめ》かせてみせる。

浮世之介はちらりと目をくれたが、動じる様子もない。

烏帽子の富次郎が、じりりっと近寄った。

「よし、手伝ってやる」

袖と袖が触れるほど近づいた瞬間、浮世之介が肩の力を抜いた。

「ふうっ、しんどい」

「あっ」

富次郎と時造が、同時に声をあげる。

千両箱はふたつとも地面に落ち、弾みで小判が溢れでた。

それが盗人の倣《なら》いなのか、富次郎は咄嗟に蹲り、小判を拾いあつめようとする。

浮世之介はこちらを向き、にっと前歯を剝《む》いて笑った。

刹那、葦簀張りの水茶屋から、てんつくてれつくと小太鼓の音色が鳴りひびいてきた。

節季候《せきぞろ》のようなみすぼらしい風体の男がふたり、剽軽《ひょうきん》に踊りながら登場する。

太鼓を叩くしょぼくれた親爺は、長兵衛のようだった。

太鼓に合わせて踊るのは、影聞きの伝次にほかならない。

徳松は気づいたが、時造は気づくべくもなく、呆気《あっけ》にとられている。

すると、背後から人影がひとつ、風のように迫ってきた。

「のわっ」

振りかえる暇もない。

時造は頭の後ろを叩かれ、白目を剝いて頽《くずお》れた。

すぐそばに、木刀を提げた栖吉六郎兵衛が仁王立ちしている。

徳松は猿轡を外してもらった。

「お師匠さま」

「遅くなって、すまなんだな」

六郎兵衛は微笑み、ひらひらと手を振った。

浮世之介もこれに応じ、暢気《のんき》に手を振っている。

烏帽子の富次郎はとみれば、浮世之介に踏みつけられ、蛙のように潰れていた。

六郎兵衛が諭すように語りだす。

「徳松よ、おぬしの父は兎屋の看板を担保に入れ、船戸屋から二千両を借りたのさ。一人息子の命に替えられるものなんざ、この世にない。わしはな、そういった父親の気概を久方ぶりに、まざまざとみせつけられたおもいだったぞ」

浮世之介がどうおもったか、ほんとうのところはわからない。

ただ、ここに来てくれただけで、それだけで徳松は満足だった。

十二

数日が経った。

捕まった悪党ふたりに下された沙汰《さた》は、厳しいものとなった。獄門である。斬首のうえ、鈴ヶ森一本松の獄門場に生首が晒されるのだ。

迎え梅雨の季節、このところは冴えない空模様がつづいていたが、今日は久しぶりに朝からよく晴れた。汗ばむほどの陽気だ。

「朝顔の苗やあ、いかがあ」

露地裏には、苗売りの売り声が響いている。

甚左衛門町の手習い所では、あいかわらず、洟垂れどもがふざけあっていた。たがいに墨を顔に塗りたくって遊んでいる者もいれば、机を重ねて飛びおりている連中もいる。ただ、いったん手習いがはじまれば、六郎兵衛に逆らえる者とてなく、悪がきどもは借りてきた猫のようにおとなしくなった。

徳松はぼけっとしながら、軒の外を眺めていた。

すると、一羽の燕が低空をひょうと横切った。

「あ」

声をあげた途端、六郎兵衛に叱られた。

「こらっ、徳松」

もみあげを引っぱられ、どっと笑いが起こる。

笑った顔のなかに、亀太郎の三角顔もあった。

「お師匠さま、そんなふうにしたら、徳松の鬢が取れちまうよ。鬢のない徳松は、どんぐりそっくりだ」

みなの笑いは大波となり、仕舞いには六郎兵衛もつられて笑いだす。

たいして可笑《おか》しくもないのに、なぜだか可笑しい。

徳松でさえ、もみあげを引っぱられながら笑っている。

犬猿の仲の徳松と亀太郎がどうして仲良くなったのか、洟垂れどもには理由がわからない。公事宿街の古い土蔵に監禁されたことは、ふたりだけの秘密なのだ。

八つ下がりとなり、徳松は六郎兵衛に別れの挨拶《あいさつ》を告げて外に出た。

四つ辻のところで、釣り竿を担いだ浮世之介が待っていた。

「ちょいと付きあわねえか」

「いいよ」

徳松は亀太郎たちと別れ、父親の背中に従いてゆく。

芳町の陰間街を通りぬけ、日本橋の東西大路をふたつほど横切って小伝馬町に向かう。抜け裏から牢屋敷の裏手へ出たところで、西をのぞめば、ぬけるような蒼穹《あおぞら》を背にして千代田城と富士山が遠望できた。

浮世之介は東に向かい、稲荷の鳥居をくぐった。

件《くだん》の千代田稲荷である。

大きな杉の木は、素知らぬ顔で佇んでいた。

境内を横切り、葦簀張りの水茶屋へ向かう。

枳殻の花は今を盛りに咲きほこり、甘い香りをただよわせていた。

床几に敷かれた赤い毛氈《もうせん》が目に眩《まぶ》しい。

水茶屋などはじめてなので、徳松は恥ずかしくて下を向いた。

浮世之介は床几に座り、のんびり喋りかけてくる。

「団子でも食うか」

「うん」

襷《たすき》掛けに前垂れの茶汲み女が、いそいそとやってきた。

「おねえさん、団子をふたつ」

「はい、まいど」

茶汲み女は愛想良く返事をし、すっと背を向ける。

おやっと、徳松はおもった。

蔵で嗅いだ芳香が、ふわっと匂いたったからだ。

「え」

顔をあげると、茶汲み女は振りむき、にこっと微笑みかえす。

おせんであった。

生きていたのだ。

影聞きの伝次が捜しあて、浮世之介とともに救ったのだろう。

おせんの無事を願っていたので、徳松は天にも昇る気持ちだった。

「知りあいか」

浮世之介が、とぼけた顔で聞いてくる。

「おまえさんも隅に置けないねえ」

嬉しそうに口走り、ふざけた父親は社殿の甍《いらか》を振りあおいだ。

刹那、つがいの燕が、空を斜めに切りさいた。

「ふふ、やっと帰えってきたな」

浮世之介はひとりごち、意味ありげに片目を瞑《つむ》ってみせる。

徳松ははっとし、瞳をきらきらさせた。

そうだ。きっと、燕が帰ってきたにちがいない。

夕暮れになったら、秘密の場所を訪ねてみよう。

「はい、おまちどおさま」

おせんは微笑み、羽二重団子の載った皿を毛氈にことりと置いた。

終わりよければ

一

河岸人足《かしにんそく》の権助《ごんすけ》が恋をしたと聞き、伝次はおもわず吹きだした。

「ぷっ、番頭さん、権助のやつが岡惚《おかぼ》れしたって」

「そうだよ。ああみえてもまだ若えんだ、色気づいても仕方ねえさ」

「いくつなんだ」

「そうさな」

長兵衛は一拍間を置き、煙管《キセル》をぷかあっと吹かしてみせる。

兎屋の煤《すす》けた天井に、煙がゆらゆら立ちのぼっていった。

「婆《ば》さまが兎屋に連れてきたのが十六んときだ。うちに三年いたあとは、河岸人足になって二年、てえことは二十一だな」

「ずいぶん老けた二十一だぜ。げじげじ眉で顎《あご》はひげだらけ、からだは酒樽《さかだる》みてえに肥えていやがる」

「上背は六尺、重さは三十貫目だ。そのからだで半町も走りゃ息が切れる。走りが命の飛脚はとてもじゃねえがつとまらねえ。うちの親方はいろいろ考えたあげく、向《む》両《りょう》国《ごく》の相撲部屋へ連れていったのさ。ところがどっこい、肝っ玉が小さすぎて相手をどつくことができねえときた」

「みりゃわかるさ。おどおどしやがって、犬が吠《ほ》えてもびびりやがる。勝負事にゃ向いてねえ性分なんだよ」

「気性の優しい力持ちにできることといやあ、へっつい河岸の人足、案の定、そっちをやらしてみたら、水を得た魚みてえにはまったってわけさ」

このところは、へっつい河岸のみならず、魚河岸のほうからも呼ばれ、重宝がられているという。

兎屋を離れても、権助はしょっちゅう遊びにやってくる。

どうやら、浮世之介を父親代わりとでも思っているらしい。

「なにせ、物心ついたときから双親はこの世にいなかった。腰の立たねえ婆さまと二人暮らしだかんな」

「知っているともさ。なにせ、権助と婆さまの住む裏長屋とは隣同士だ。それにしても、あれほど色恋の似合わねえ野郎もいねえ。ありゃ熊だぜ。胸毛なんざ臍《へそ》まで生えてよ、六尺からは尻毛がはみだしていやがる」

「人を見掛けで決めつけんじゃねえ。あれほど真面目で婆《ばあ》ちゃん孝行な男はざらにゃいねえんだ。できることなら、権助の望みを叶えてやりてえところだが、こればっかしはな」

「番頭さん、岡惚れした相手ってのは誰なんだい」

「知りてえか」

「もったいぶらずに教えてくれ」

「へへ、口の軽い野郎にゃ教えられねえな」

「口外もしねえし、笑い者にもしねえ。な、頼むから教えてくれよ」

長兵衛は腕組みしながら天井をみつめ、ほっと溜息《ためいき》を吐《つ》いた。

「年の頃なら二十四、五。雁額《かりびたい》の別嬪《べつぴん》でな、広徳寺の門前長屋に住む女祐筆《ゆうひつ》だよ」

「へえ、女祐筆かい。そいつはまさに、びっくり下谷の広徳寺だぜ。で、女の名は」

「おっと、噂《うわさ》をすれば影が射《さ》す。本人に聞いてみな」

しゃくられた顎のさきに、巨漢がのっそりあらわれた。

「うえっ」

伝次は仰《の》けぞり、すぐに気を取りなおす。

「よう、権助、ちょうど今な、おめえの噂をしていたところだ。さっそくだが、聞きてえことがある」

「へ、何でやしょう」

「広徳寺の女祐筆、名は何ていうんだい」

「え」

「へへ、耳まで赤くなりやがったな」

「堪忍してくだせえ」

「名前えくれえはいいだろう。な、教えてくれ」

権助は大きなからだを縮め、ぼそっと漏《も》らす。

「おしずさんです」

「ふうん、良い名じゃねえか。どうしてまた、岡惚れなんぞしやがったんだ」

二年前、浮世之介に飛脚最後の仕事を命じられ、権助はおしずの文遣いをやった。そのとき、優しいことばを掛けてもらって以来、忘れられなくなったのだという。

「どんなことばを掛けてもらったんだ」

「伝次さん、堪忍してくだせえ」

「そうかい、ま、しょうがねえ。それにしても、二年越しの恋とはな、気の長えはなしだぜ」

権助のもじもじする様子が、滑稽でいじらしい。

伝次にも、長兵衛の気持ちがわかってきた。

どうにかして、望みを叶えてやりてえもんだ。

が、こればかりは先様のあること、女祐筆ともなれば教養も高そうだし、頭が空《から》っぽで力だけが自慢の権助とは、どう考えても釣りあわない。

ここはひとつ、きっぱりあきらめさせるのも仏心というものだ。

伝次は、あっさり吐きすてた。

「あきらめな」

「え」

「月を焼いて食うようなはなしだ。わるいことは言わねえ、あきらめるんだよ」

強い口調で諭すと、権助は泣き顔になった。

長兵衛が見るに見かね、優しいことばを掛けてやる。

「権助、伝次はおめえのことを心配えして言ったんだ、許してやりな」

「へ、へい」

「好きなもんをよ、そう簡単にあきらめることはねえやな。でえち、自分の恋情《おもい》を相手に打ちあけたわけでもねえんだしな。お、そうだ、いっそのこと、打ちあけてみたらどうだ。それで断られたら、あきらめもつくってもんだぜ。な、このあたりできまりをつけるのも、男らしいやり方だろう」

「番頭さん、おいらは今のままでいいんです。岡惚れで一生終わっても、かまわねえ」

「それじゃ、おめえ、生涯独り身で通す気か」

「へい、かまいやせん」

「そいつはよくねえ了見だ。でえち、婆さまが悲しむだろうが。おめえの嫁取りだけが、婆さまの生きる望みなんだぜ」

「ほんでも、どうやって気持ちを打ちあけたらいいんです。おいらにゃ、そいつがわからねえ」

「文を書くのよ」

「文」

「ああ、そうだ。女祐筆ってのは懸想文《けそうぶみ》の代筆を商売にしている。広徳寺門前といやあ、江戸でも知られた岡場所だ。つまりは、女郎が馴染《なじ》み客の気を引くための懸想文を代書代筆しているってわけさ。常日頃から懸想文を書いたことはあっても、貰《もら》ったことはねえ。そこが狙《ねら》い目なんだよ」

長兵衛のはなしに、伝次も膝を乗りだした。

真心の籠《こ》もった恋文を貰ったら、ぐらっとくるかもしれない。

「ひょっとしたら、ひょっとするかもしれねえぜ」

ところが、当の権助は困った顔で俯《うつむ》いている。

「番頭さん、おいら懸想文なんぞ書けねえよ」

「心配えすんな。おいら気の利いた文句なら考えてやる。御身《おんみ》を拝しまいらせ候ときより、身を焦がす恋情は募るばかりってな、へへ、どうでえ、お茶の子さいさいだろうが」

「お茶の子どころじゃねえ」

「どうして」

「おいら、読み書きができねえんだ」

「ちっ、目に一丁字《いっていじ》も無しか。それじゃ、はなしにならねえな」

長兵衛も伝次も、口を噤《つぐ》んでしまう。

と、そこへ。

浮世之介が、ふらりと帰ってきた。

「あ、親方」

「よう、権助か。婆さまは変わりねえか」

「おかげさんで」

権助はぺこりと頭をさげ、途端に泣き顔をつくる。

「どうしたい、三人雁首《がんくび》並べて、しけた面しやがって」

「じつは、こういったわけでしてね」

長兵衛の説明に、浮世之介は黙って耳をかたむけた。

団子に結った髷《まげ》に銀《ぎん》の簪《かんざし》を挿し、白地に緋牡丹《ひぼたん》をあしらった派手な着物を纏《まと》っている。

いつもと変わった点といえば、みるからに重そうな鉄下駄《げた》を履いているところだ。美味《うま》いものを食いすぎて腹が出てきたので、鉄下駄を履いて町中を歩きまわり、汗といっしょに脂を搾《しぼ》るのだという。

あいかわらず、莫迦《ばか》なことをやってやがると、伝次はおもった。

説明を聞き終え、浮世之介は平然とうそぶいた。

「そういうことなら、おれが読み書きを教えてやってもいいよ」

「え、親方が」

長兵衛と伝次は眸子《まなこ》を瞠《みは》り、権助は瞳を輝かす。

「ついでに、懸想文の代書もしてさしあげやしょうか。こういうはなしは、おもいたったら吉日というしな」

さも楽しげに言いはなち、浮世之介は三人を驚かせた。

二

浮世之介がさらりと綴《つづ》った恋文を携え、伝次は下谷へやってきた。

文遣いをやるのは生まれてはじめてだが、緊張するものだとわかった。

「ともかく、初手は相手の気を惹《ひ》くことだ」

と、浮世之介の漏らした台詞《せりふ》を口に出してみる。

「褒めすぎるのも考えもんだし、あっさりしすぎてもだめ。おもわせぶりな文言を並べ、つぎの文を待つ気にさせる。だから、差出人の名も書かぬか。ふんふん、そいつは良い手かもな」

後々困ることになっても、そのときはそのときだ。

しかし、当然のごとく、差出人不明となれば身構えられよう。

そこをどうやって切りかえすかは、伝次の口に掛かっている。

「ただの遣いっ走りなら、近所の洟《はな》垂れでもできる。相手の気をもたせ、逢《あ》ってみたいとおもうように仕向ける。そこはそれ、影聞き伝次の力量次第と言いてえところだが、さあて、困った」

美人をその気にさせる話術なぞ、とんとおもいつかない。

考えあぐねていると、物陰から白い腕がにゅっと伸びてきた。

「ちょいとお兄さん、遊んでいきなよ。ね、安くしとくからさ」

暮れ六つの鐘も鳴っておらぬのに、安女郎が袖を引っぱろうとする。

「わりいな、姐《ねえ》さん、こんどにしてくれ」

「ふん、こんどとお化けにゃ、二度とお目に掛かれないよ。かっ」

ぺっと威嚇するように痰《たん》を吐き、白塗りの女郎は暗がりに身を隠す。

「ったく、躾《しつけ》がなってねえぜ」

聞こえよがしに文句を吐き、伝次は露地裏を抜けた。

広徳寺の門前へ来てみると、目当ての裏長屋は苦もなくみつかった。

予想以上にうらぶれており、その日暮らしの貧乏人しか住んでいない様子だ。ただし、隅のほうに一軒だけ、軒下に白い手鞠花《てまりばな》を飾っている部屋がみえた。

「あれだな」

近づいてみると、手鞠花の脇に「代書代筆承ります」と達筆な墨文字で書かれた横板が吊《つる》されている。

伝次は訪ねかけ、ふいに足を止めた。

金柑頭《きんかあたま》の侍が、おしずの部屋から出てきたのだ。

咄嗟《とっさ》に背を向け、隣の部屋を訪ねるふりをする。

金柑頭は大股で通りすぎ、木戸を抜けていった。

地味めの羽織を纏い、腰帯に二刀を差している。

小役人であろうか。

跟《つ》けたい気持ちを抑え、伝次は深く息を吸いこんだ。

半開きになった障子戸の隙間から、ぬるっと鰻《うなぎ》のように入りこむ。

すると、雁額の美しい女が「え」という顔で振りむいた。

乱れた着物の襟《えり》を寄せ、慌てて鬢《びん》をととのえる。

金柑頭と何があったのか、伝次には容易に想像できた。

少しがっかりしながらも、愛想笑いを浮かべてみせる。

「へへ、あっしは文遣いの伝次、怪しい者じゃござんせん。艶書屋《ふみや》のおしずさんでやすね」

「はい、さようですが」

「じつは、さるお方から文を預かってめえりやした。はい、これ」

奉書用の巻紙を差しだす。

「わたしに」

「さいですよ」

「どちらさまから」

「依頼主たってのご希望で、素姓を明かすことができねえんですよ。どうか、ご容赦願いてえ」

「困ります。差出人のわからない文を頂戴するわけには」

怪訝《けげん》な顔をするおしずに向かい、伝次はありったけの愛敬《あいきょう》を振りまいた。

「ご不審におもうのはごもっともでやすが、ひとまずは文を読んでいただきてえ」

「この場で」

「へい」

文を読むまでは梃子《てこ》でも動かぬという顔をしてみせると、おしずは艶《なま》めいた唇《くち》もとから小さな溜息を漏らした。

観念した様子で文を開き、さっと目を通す。

「これは、懸想文ではありませんか」

「じつはそうなんで。文を綴ったお方は、おしずさんに岡惚れしちまったんでさあ」

「まあ」

おしずは頬に手を当て、長い睫毛《まつげ》を揺らす。

ひとつひとつの仕種《しぐさ》に、伝次は惹きつけられた。

「ご迷惑は重々承知のうえで、それでも偽らざる恋情《おもい》を伝えたかったと、そのお方は仰《おつしや》いやしてね」

「偽らざる恋情《おもい》」

「へい、やましい気持ちや悪戯《いたずら》心でやったことじゃねえ」

「それは、文を読めばわかります」

「え、わかりやすかい」

「綴られたこの字、わたしなど足許《あしもと》にもおよばないほどの達筆です」

「でげしょう。字は人をあらわすと言いやすからね」

「それに、人生の機微をよくご存知のお方でなければ、これだけの文面は綴れないとおもいます。ひょっとして、大店《おおだな》のご隠居さまとか」

「いえいえ、棺桶《かんおけ》に片足を突っこんだ歯抜け爺《じじい》じゃありやせんよ。ご想像よりもね、ずっと若えお方だ。かといって、うらなりびょうたんでもござんせん。人並みはずれた力持ちでね、俵なんぞをこうして、片手でひょいと持ちあげることができるんでさ」

「俵を」

「おっと、相撲取りをご想像なら、そいつもちょいとちがう。気の優しいお方なんでね、他人を投げとばしたり、蹴《け》たぐったり、手荒なまねはできねえ性分だ」

「まあ」

「えへへ、気の優しい力持ちでげすよ」

「きっと、繊細なお方なのでしょうね」

「仰るとおり。気持ちが細すぎて自分じゃ来られねえってんで、あっしが遣いに寄越された次第で。逢って傷つくめえに、あんたの気持ちを知りてえんだとさ」

おしずは黙りこみ、しばらく文に目を落としていた。

「ならば、そのお方にお伝えください。お気持ちだけ、ありがたく頂戴いたしますと」

「お気持ちだけありがたく、ですかい」

「はい」

おもいがけない応えが、伝次を戸惑わせた。

だが、初手としてはわるくない。

迷惑がるおしずに文を押しつけ、逃げるように部屋を飛びだした。

長屋の木戸を抜け、武家屋敷の小路をいくつか曲がり、人気《ひとけ》のない橋の手前までたどりつく。そこでようやく、ほっと肩の荷を降ろした。

渡りゆく橋は三昧橋、流れる川は不忍池と繋《つな》がる忍川《しのぶがわ》だ。

すっかり暗くなった土手には、都草が点々と咲いている。

「春を売りながら忍ぶ女か、ありゃ相当な事情《わけ》ありだな」

やはり、どう考えても、権助とは釣りあわない。

何でまた、あんな女に惚《ほ》れちまったのか。

しかし、惚れちまったものはしょうがない。

「恋に理屈はいらねえ」

などと、自分でも赤面しそうな台詞を口走る。

「調べてやるか」

伝次は迷ったあげく、橋の途中で踵《くびす》を返した。

三

おしずの素姓を調べるのは、浮世之介の意志でもあるように感じられた。

女がとんでもない食わせ者なら、権助にきっぱりあきらめさせればいい。

どのみち、あきらめさせるにしろ、素姓を調べてからでも遅くはなかろう。

何だかんだと言い訳をしても、所詮は影聞きのすけべ根性が疼《うず》いただけのはなしだ。

じつは、金柑頭の侍を目にしたときから、おしずを丸裸にしてやろうときめていた。

夜になると、広徳寺門前から車坂町の一帯は、いかがわしい雰囲気につつまれる。

肩で風を切って歩く遊客たちを、女郎どもが目の色を変え、あの手この手で誘いこもうとするのだ。

どぶ臭さと白粉《おしろい》の入りまじった臭気がたちこめるなか、伝次は裏長屋の木戸陰に隠れ、おしずの部屋を見張った。

この時刻、客引きに忙しい女郎たちは代筆を頼みにやってこない。

替わりに、商家の手代らしき風情の男があらわれ、おしずの部屋へ消えていった。四半刻《しはんとき》ほど経つと、男は表口にあらわれ、鬢を直しながら逃げるように去っていく。

もはや、おしずのやっていることはあきらかだった。

誰かの口利きで客をあてがわれ、春を売っているのだ。

しばらくすると、またひとり、こんどは気の弱そうな五十絡みの侍があらわれた。月代《さかやき》も髭も剃《そ》っており、身に付けた衣裳《いしょう》もこざっぱりしている。新宿の百人町あたりで鉢植えをやっている御家人《ごけにん》に、よくありがちな人物だ。

注視していると、案内人らしき男が背後に控えている。

耳を澄ますと、喋《しゃべ》りが聞こえてきた。

「旦那、線香代を一分いただきやす」

「払ってもよいが、楽しませてもらえるのだろうな」

「そりゃもう、あれだけの上玉にゃ、おいそれとお目に掛かれねえはずだ。味わっていただけりゃ、きっとご納得いただけやすよ。へへ、一回こっきりじゃもったいねえ。二度三度と味わっていただけりゃ、鯣《するめ》みてえに味が出てきやす」

「鯣女郎か」

「ま、そんなところで」

客と客引きの忍び笑いを聞きながら、伝次は苦い顔をつくる。

権助が虚仮《こけ》にされているようで、はらわたが煮えくりかえってきた。

ここは我慢だと、みずからに言い聞かせる。

つぎの瞬間、客引きの顔が提灯《ちょうちん》の灯りに照らしだされた。

「うっ」

伝次は、石地蔵のように固まった。

「百足傷《むかできず》の弥平《やへい》か」

ただの客引きではない。門前から車坂町一帯の岡場所を仕切る地廻《じまわ》りで、片頬に百足が這《は》ったような古傷が走っている。その刀傷をひけらかし、弱い者を脅しては美味い汁を吸っている悪党だ。

「蛆虫《うじむし》野郎め」

伝次は低声《こごえ》で吐きすて、暗がりに溶けこんだ。

どっちにしろ、弥平がおしずの抱え主だとしたら、深入りは禁物だ。

なぜなら、弥平は十手《じって》持ちでもある。北町奉行所の定町廻《じょうまちまわ》りに飼いならされ、御用聞きのまねごともやっているのだ。下手に関われば、縄を打たれたうえに適当な罪状をでっちあげられ、土壇《どだん》へ送られぬともかぎらない。

かといって、ここで投げだすのも癪《しゃく》に障る。

どうするか決断できぬまま、伝次は真夜中まで息をひそめつづけた。

すると、夜中の四つ半をまわったころ、異様に痩《や》せた老人がひとりあらわれた。

げほげほと嫌な咳《せき》をしながら、おしずの部屋に消えてゆく。

「客じゃねえな」

伝次は察した。

暗がりから離れ、部屋へ近づいてゆく。

油障子の脇に背中をつけ、なかの様子を窺《うかが》った。

影聞きの小道具でもある円錐《えんすい》形の筒を取りだし、広い口を壁に付け、狭い口を耳に当てると、内の会話がはっきり聞こえてきた。

「おとっつあん、また呑《の》んでいるのね。お医者さまから、あれほど深酒はだめだって言われているのに」

「うるせえ」

「胸の病にはね、お酒がいちばんの毒なんだよ」

「ふん、これが呑まずにやってられるかってんだ」

「どういうこと。毎晩、酒を浴びて帰ってくるのは、わたしのせいだって言うの」

「ほかにどんな理由がある。娘に春を売らせ、そのおこぼれで生きさせてもらっている。こんちくしょうめ、どうせ、おれは情けねえ屑《くず》野郎さ」

おしずは、声をあげずに泣きだした。

「泣くんじゃねえ。おれはもうすぐ、酒に溺《おぼ》れて死んじまう。おれが逝ったら、好き勝手に生きるがいいさ」

「そんな……おとっつあん、そんな物言いはあんまりだわ。おとっつあんが死ねば、わたしだって生きてはいけない」

「ふん、口からでまかせを言うんじゃねえ」

「何てこと言うの。おとっつあんはね、この世でたったひとりの肉親なんだよ」

「え」

呑んだくれの父親は絶句し、上がり端《ばな》に頽《くずお》れた。

「おとっつあん、しっかりしとくれよ」

「おしず、堪忍だ、堪忍しろ……う、うう」

父と娘は泣きながら抱きあい、たがいの傷を舐《な》めあっている。

おそらく、毎晩のように繰りかえされる光景なのだろう。

外にいても、ふたりの様子は手に取るようにわかった。

こいつは、色恋どころのはなしじゃねえな。

伝次は溜息を吐き、そっと部屋から離れる。

長屋の木戸を抜けても、嫌な咳は追いかけるように聞こえてきた。

「あんな父娘《おやこ》に関わったら、どつぼにはまるだけだぜ」

伝次はこのとき、権助にあきらめさせる算段を考えていた。

四

浮世之介は、今日も朝から鉄下駄を履いて歩きまわっている。

「影聞きの、牡丹《ぼたん》でも愛《め》でにゆこうか」

「へい、お供させていただきやす」

兎屋を訪ねた伝次は軽い気持ちで誘いに応じ、とりあえず両国まで付きあった。

葦簀《よしず》張りの食い物屋で惣菜《そうざい》を買い、柳橋から小舟に乗る。

「今日は遊山日和、遊山といえば舟でしょう」

浮世之介はおもむろに弁当行李《ごうり》を開き、浅草海苔《のり》で巻いた握り飯を取りだす。

小舟は大川の静かな流れに逆らい、ゆったりと水脈《みお》を曳《ひ》きはじめた。

「さ、おまえさんもひとつ」

「こりゃどうも」

「さきはまだある。腹ごしらえでもしときやしょう」

「あの、親方、牡丹を観《み》にどちらまで」

「牡丹といえば、西新井大師《にしあらいだいし》じゃございませんか」

「げっ、千住《せんじゅ》大橋の向こうまでお行きなさる」

「なあに、存外に近いところさ」

小舟は巨大な櫛《くし》のような御蔵の桟橋群を左手にみて通りすぎ、浅草広小路と中之郷を結ぶ吾妻橋をくぐって、吉原へ通じる山谷堀の落ち口をも背にして漕《こ》ぎすすむ。

右手斜め前方に木母寺《もくぼじ》の杜《もり》がみえてくると、荒川との落ちあいは近い。

小舟は蛇行する川の流れに吸いこまれ、千住大橋のたもとをめざした。

荒川で木流しが一斉におこなわれるのは雪解けのころだが、千住に来れば川並《かわなみ》が筏《いかだ》を組む風景はいつでも目にできる。

北詰めの桟橋から陸へあがると、そこは宿場の中心でもある掃部《かもん》町、正面には材木問屋の蔵がいくつも構えており、街道の左右には旅籠《はたご》がずらりと並んでいる。

さすがは奥州街道一の宿、宿場は荒川を挟んで南北二十二町半にもおよび、旅籠の数は百を超えた。暗くなれば宿場全体が色街の様相を帯び、その賑《にぎ》わいは品川宿や内藤新宿もおよばない。

ちょうど牡丹も見頃なので、宿場から逸《そ》れて六道の辻《つじ》を曲がり、大師道を西に向かう遊山客も数多く見受けられた。

西新井大師には、疣《いぼ》取りに効験絶大な塩地蔵もある。

伝次は右耳の付け根にある親指大の疣を触りながら、牡丹を愛でるついでに塩地蔵も拝もうとおもっていた。

すっかりその気になっていると、浮世之介が踵《くびす》を返し、宿場のほうへ戻りはじめる。

「親方、どうしなすった」

「うん、おまえさんにはわるいが、ちょいと気が変わった。牡丹を愛でるのはつぎの機会にしよう」

「え」

ここまでやってきて、そりゃねえだろう。

不満顔をみせても、浮世之介はどこ吹く風、鉄下駄を鳴らしながら掃部町の一角をめざす。仕方なく従《つ》いてゆくと、ふいに足を止め、涼しげな眼差《まなざ》しを向けてきた。

「教えとこう」

かつて、この宿場には相馬屋《そうま》忠兵衛《ちゅうべえ》という材木商がいた。川並の半分を抱えるほどの大店《おおだな》だったが、商売敵の三陸屋《さんりく》嘉右衛門《かえもん》に汚い手を使われ、廃業に追いこまれた。そのときの心労で相馬屋のお内儀《かみ》は頓死し、遺《のこ》された旦那の忠兵衛と一人娘は行方知れずになったという。

伝次は、あっと声をあげた。

「まさか、相馬屋忠兵衛ってのは」

「合点したかい。そのとおり、おしずのおとっつあんさ。酒に溺れたい気持ちも、わからんではない」

「でも、どうして」

「狢《むじな》仲間でたまさか事情を知るお方があってね」

伝次はむっとした。自分の役目を奪われたようで、おもしろくない。

浮世之介の背後に目をやれば、金箔《きんぱく》に縁取られた屋根看板が掲げられている。

屋号は「三陸屋」とあった。

「げっ、親方、後ろの店は相馬屋を潰《つぶ》した商売敵でやんすよ」

「そのようだね」

「いってえ、何をなさろうってんです」

「踏みこもうかな」

浮世之介は袖をひるがえし、鉄下駄を引きずった。

「けっ、わけがわからねえ」

伝次は吐きすて、仕方なく従いてゆく。

浮世之介は敷居をまたぐと、上がり框《かまち》に尻を掛けた。

帳場に座った番頭は算盤《そろばん》を弾《はじ》く手を止め、上目遣いに睨《にら》みつける。

「何か、ご用件でも」

小狡《こずる》そうな狐《きつね》顔の男だ。

浮世之介は懐中から、袱紗《ふくさ》に包んだ桐《きり》箱を取りだした。

「こちらの旦那にお届け物だよ」

「ほう、どちらさんから」

「さあて」

「あんたは」

「ちりんちりんの町飛脚さ」

無論、飛脚の風体《ふうてい》ではない。白地に緋牡丹の着物をぞろりと纏い、髷は鶏冠《とさか》のように立っている。

「とても飛脚にはみえないがね」

番頭は怪訝《けげん》な顔で、鶏冠頭から爪先まで見下ろした。

「じろじろ見てんじゃねえぞ。てめえと押し問答してもはじまらねえ。旦那の嘉右衛門を出しな」

浮世之介は啖呵《たんか》を切って仁王立ち、何をするかとおもえば板の間にあがり、鉄下駄で売場格子を踏みつけた。

「ひぇっ」

格子は木《こ》っ端微塵《ぱみじん》になり、番頭は腰を抜かす。

居合わせた小僧が奥へ走り、恰幅《かっぷく》の良い主人らしき人物を連れてきた。

「おお、こ、これは……何としたことだ」

「嘉右衛門さんだね。あんたにお届けものだよ」

浮世之介は小振りの桐箱を差しだし、床に滑らせる。

「な、何だこれは」

「嘉右衛門さん、あんた、懇《ねんご》ろになった辰巳《たつみ》芸者がおありだろう」

「初奴《はつやっこ》か」

「ご名答、その初奴さんからの贈り物だよ。旦那の身請話を真に受け、身投げをはかったらしくてね」

「ま、まことか」

「さいわい、命はとりとめたものの、旦那への情は募るばかり。それでまた、おもいきったことをしでかした」

「おもいきったこと」

「情の証《あかし》が桐箱のなかにあるのさ」

「ま、まさか」

息を呑む嘉右衛門に、浮世之介は顔を近づけた。

「そのまさかだ。箱の中味は小指だよ」

「うえっ、いらん、そんなものはいらん」

「受けとらないと仰るのかい。そいつは困った。なにせ、初奴の真心が籠《こ》もった小指だ。ぽいと捨てるわけにもいかぬ……ねえ、親分さんも、そうおもいやせんか」

伝次はふいに同意を求められ、ぎこちなく笑うしかない。

「紹介が遅れちまったがね、こちらは広徳寺の伝次親分だよ。まんがいちのこともあろうかとご足労願ったわけだが、小指を受けとれねえとあっちゃ、番屋で詳しいはなしを聞かなくちゃならねえ。たとい、相手が辰巳芸者でも、女ひとりを死ぬほど悩ませた男の罪は重い。三陸屋の旦那、おめえさん、本気で初奴を身請けする腹があんのかい」

嘉右衛門は黙りこんだ。読みどおり、その気はないのだ。

ここぞとばかりに、浮世之介はたたみかける。

「ようござんす。小指はこっちで引きとり、手厚く葬ってさしあげやしょう」

「ありがたい。そうしてもらうと助かる」

「ついては、供養代を」

「当然だ。いかほどかな」

「百両と言いてえところだが、五十両にまけときやしょ」

嘉右衛門はみずから帳場まで這ってゆき、木箱から小判をつかみとった。

狐顔の番頭がこれを手伝い、小判五十枚を奉書紙にくるんで寄こす。

浮世之介は経を唱えながら、ありがたく包みを受けとった。

伝次は呆《あき》れて、ものも言えない。

ふたりは三陸屋をあとにし、露地裏へ逃れた。

「親方、いってえどういうつもりです」

我慢できずに糺《ただ》すと、浮世之介は平然とした顔で桐箱を抛《ほう》ってよこす。

「開けてみな、小指なんざ入えってねえよ」

「んなことはわかっておりやす。嘘《うそ》八百を並べて大金をふんだくる。親方のやったことは強請《ゆすり》ですぜ」

「鮮やかな手並みだったろう。これで少しは溜飲《りゅういん》も下がった。ちがうかい」

「そりゃまあ、そうですけど」

「五十両はご祝儀だ」

「え、何のご祝儀で」

「権助へのご祝儀さ。恋がめでたく成就したときのな」

「でも、親方、おしずはただの代書屋じゃありやせんぜ」

「ああ、そのようだな。権助はぜんぶ承知しているよ。それでも、おしずのことが忘れられねえのさ。だとすりゃ、とことん、あいつに付きあってやろうじゃねえか。なあ、乗りかかった舟だ。おめえさんだって、途中で降りるわけにもいくめえ」

いつになく厳しい口調で諭され、伝次はことばに詰まる。

「親方、あっしは何をすりゃいいんです」

「そうさな、また文でも届けてもらうか」

浮世之介は暢気《のんき》な顔で言い、桟橋のほうへ足を向けた。

五

二通目の恋文を携えて訪れたところ、おしずの対応はあきらかにちがった。

「困ります」

表向きは迷惑がりつつも、文を心待ちにしていた様子がありありと窺えた。

あとひと押しだなと伝次は察し、余計なことを口走った。

「あんたさえよければ、文の相手を遠目から拝ませてやってもいいぜ」

「え」

「どうする」

だめもとで質《ただ》してみると、おしずは意外にもこっくり頷いた。

「ほ、ほんとに行く気があんのか」

「はい」

伝次は引っこみがつかなくなった。

「よし、善は急げだ」

なかば自棄《やけ》になって吐きすて、夕暮れ前におしずを裏長屋から連れだした。

一刻《とき》程度なら、留守にしても平気だという。

そのことばを信じたが、このとき、木戸の陰から目を光らせている人影があることに、伝次は気づくべくもなかった。

ふたりが足を向けたさきは、へっつい河岸ではなく、江戸随一の喧噪《けんそう》を誇る魚河岸のほうだった。

夕河岸はさしずめ庶民の台所、魚の仲買いや小売りばかりでなく、貧乏長屋の嬶《かか》ァどものすがたもめだつ。

河岸の賑わいに身を置くだけで、わけもなく心は躍った。

伝次は勝手知ったる者のように、人と人の隙間を縫ってゆく。

粋筋風のおしずは場違いな印象だが、誰ひとり振りむく者とていない。みな、魚のほうに目を奪われているのだ。

伝次は、押送舟《おしおくりぶね》が舳先《へさき》を寄せる桟橋までやってきた。

権助はいつもきまった場所で汗を流している。そのことを知っていたからだ。

ここはひとつ、腹をくくるしかない。

嫌いなら嫌い、気が無いなら無いで、早いところすっきりさせたほうがいい。

浮世之介を裏切るようで心苦しさはあったが、これ以上深みにはまりたくないという気持ちのほうが勝った。

おもったとおり、権助は一心不乱に荷卸しを繰りかえしている。

伝次は物陰に隠れ、かたわらに立つおしずの顔をみつめた。

「あれだよ」

親指で差し示してやると、おしずは切れ長の眸子をほそめ、ほんのり頬を染めた。

「あれ」

気があんのか。

伝次は首を捻《ひね》り、もういちど、桟橋に目をやった。

「げっ」

権助のそばに、いつのまにか、釣り竿《ざお》を担いだ浮世之介が立っている。

何事かを喋りかけ、朗らかに笑っていた。

「あのお方なんですね」

おしずの黒目には、浮世之介が映っている。

「そ、そうさ。あのお方だよ」

伝次はおもわず、嘘を吐《つ》いた。

あとは野となれ山となれ、どうなろうと知ったこっちゃない。

ひらきなおってはみたものの、とりかえしのつかないことをしでかした悪童にでもなった気分だ。

伝次は一刻も早く、魚河岸から立ちさりたくなった。

六

おしずを連れだしたことが、厄介な事態を招いた。

その夜、富沢町の裏長屋に、逢いたくない男が訪ねてきたのだ。

「ごめんよ、伝次さんはいるかい」

男の頬には、百足が這ったような古傷があった。

「おれは弥平ってもんだ。おしずのことで、ちと聞きてえんだがな。ちょいとそこまで、顔を貸してくんねえか」

拒める雰囲気ではない。

連れていかれたさきは、下谷車坂町の自身番であった。

九尺二間の番屋には、目付きの鋭い同心が詰めていた。

年は四十前後、老獪《ろうかい》さを感じさせる男だ。

伝次は暗い気分になった。

同心の顔と名を知っている。

平田又八郎《ひらたまたはちろう》、北町奉行所の定町廻りで、評判の良くない男だった。岡場所を巡っては目こぼし料をふんだくり、弱い連中がごろつきに虐《いじ》められても助けようともしない。弥平と組んで裏で悪事をはたらいていることは、容易に想像できた。

平田が薄い唇もとを動かした。

「おめえ、おしずに粉あ掛けたんだって」

「と、とんでもねえ」

「じゃ、こいつは何だ」

平田は二枚の巻紙をひらひらさせる。

「おしずの部屋を調べたらな、後生大事に仕舞ってあったのさ。へへ、笑わせるじゃねえか。こいつは懸想文だぜ」

「へへ、そのようで」

へらついた態度で応じた途端、どんと蹴りが飛んできた。

「うっ」

伝次は下っ腹を抱え、玉砂利の敷かれた土間に蹲《うずくま》る。

「とぼけたこと抜かしてんじゃねえぞ。おしずは売り物だ。売り物を傷つけたら、どうなるかわかってんだろうな」

「ご勘弁を……ご、ご勘弁を」

「謝って済むはなしじゃねえ。ともかく、懸想文を書いた野郎が誰なのか、教えてもらおうか」

「どうして、おいらが」

「おしずはいくら痛めつけても、相手の名を吐きやがらねえ。強情な女でな、おれもそこが気に入っているんだが、ふざけた野郎に粉あ掛けられた以上、黙っているわけにもいかねえ。なにしろ、おれは十手持ちだ。おれさまに逆らう野郎は誰であろうと、許しちゃおかねえ。さあ、懸想文を書いたのは誰か、吐いてみな」

黙《だん》りをきめこんでいると、平田の眸子が三角に吊《つ》りあがった。

「この鼠《ねずみ》野郎め」

伝次は土間に蹴倒され、雪駄《せった》の裏で頰を踏みつけられた。

「弥平の手下が、おめえらふたりのあとを跟《つ》けた。たどりついたところは、魚河岸の桟橋だ。そこに、妙ちくりんな風体の野郎がいた。へっつい河岸で町飛脚をやっている兎屋の主人だ。通り名は浮世之介、女房に逃げられた情けねえ野郎らしい。懸想文を書いたな、そいつなのか」

伝次は奥歯を嚙《か》みしめた。

命は惜しいが、意地もある。十手の権威を笠に着た悪党にだけは、死んでも屈したくない。

「ほう、しぶてえやつだな。おめえがうんと言えば、その足で兎屋に踏みこむ算段でいたが、とりあえずはやめとこう」

踏みこんで縄を打つかわりに、法外な金をふんだくる腹にちがいない。

くそっ、悪党どもめ。

胸の裡《うち》で悪態を吐いた途端、脇腹に二発目の蹴りがはいった。

声も出せず、腹を抱えて、玉砂利のうえをのたうちまわる。

「どうだ、喋りたくなったか」

「しゃ、喋りやす……だから、蹴らねえでくだせえ」

「よし、聞いてやるぜ」

伝次は腹をさすり、呼吸をととのえた。

「兎屋の親方は関わりがありやせん。おしずに岡惚れしたのは、河岸人足の権助って野郎です。でも旦那、裏はいっさいねえんです。これは一途《いちず》な恋情《おもい》からやったことなんで。権助を許してやってくだせえ、あっしからようく言ってきかせやす」

「ふん、人足風情が妙な気を起こしやがって」

「あきらめさせやす。どうか、許してやってくだせえ。お願えしやす」

「許せねえな。おしずはおれの売り物だ」

「旦那、そこを何とか」

「おめえはもういい。権助を黙らせる役目は、こっちが引きうけた」

「え」

「十手持ちはな、虚仮《こけ》にされたら仕舞えなんだよ」

平田はうそぶき、弥平に目配せする。

弥平はふっと笑みを浮かべ、外へ飛びだした。

と同時に、三発目の蹴りが伝次の鳩尾《みぞおち》を襲った。

「ご、権助……す、すまねえ」

唐突に闇が訪れた。

七

権助の婆《ば》さまが丸まった背中を震わせ、噎《むせ》び泣いている。

富沢町の裏長屋、ごろつきどもの手で痛めつけられた権助は、みるも無惨なすがたで生死の境をさまよっていた。

「権、権、目を開けておくれよ」

婆さまの悲痛な呼びかけが、伝次の胸をしめつける。

車坂町の自身番に連れこまれたのが昨夜で、放りだされたのは明け方だった。

権助は昨夜のうちに長屋から連れだされ、浜町河岸の河原で殴る蹴るの暴行を受けた。

やったのは百足傷の弥平以下、七、八人の手下どもだ。

権助はわけもわからず、ただ、袋叩《ふくろだた》きにあうしかなかった。

町医者の診立てでは、頬と利き腕の骨が折れていた。肋骨《あばらぼね》も何本か折られており、断片が肺腑《はいふ》に刺さっているかもしれず、予断を許さぬところだという。

高熱はいっこうに下がらず、権助は玉の汗を掻《か》きながら、寒そうに震えている。

見舞いに訪れた伝次は、権助のすがたを正視できなかった。

「婆さん、申し訳ねえ。おいらのせいだ。おいらのせいで、権助はこんなふうにされちまったんだよ」

何を言おうが、婆さまは取りあってくれない。

そもそも耳が遠かったし、他人の慰めに耳を貸す余裕もなかった。

薄汚れた部屋の随所には、下手くそな字が無数に書かれてあった。

壁にも柱にも障子戸にも、いろは仮名や漢字が書きつけてあるのだ。

浮世之介に教わった字を、権助は部屋に戻ってから手当たり次第に書きつけ、懸命におぼえようとしていたのである。

おしずに、みずからの手で文を綴《つづ》りたい。

心のなかに、強い願いを秘めていたのだ。

権助の一途さがいっそう、伝次を切なくさせる。

と同時に、悪党どもにたいして言い知れぬ怒りをおぼえた。

「許せねえ、ぜったいに許せねえ」

拳を握り、畳に何度も叩きつける。

伝次は居たたまれなくなり、部屋から逃れでた。

木戸口まですすむと、暗がりから声が掛かった。

「影聞きの旦那」

ぬっとあらわれたのは、浮世之介にほかならない。

「親方、すまねえ」

伝次は項垂《うなだ》れ、涙目を向けた。

浮世之介は顎を撫《な》で、いたわるような口調で喋る。

「おめえさんがわりいんじゃねえ。こうなったのはぜんぶ、おれのせいだ」

「親方」

鼻の奥がつんとする。

伝次は下を向き、顎を震わせた。

「ちょいと、ふざけすぎたようだ。相手がこれほど洒落《しゃれ》の通じねえ連中だとは、おもってもみなかったぜ」

凄味《すごみ》のある声音が、伝次を不安にさせる。

「親方、どうなさるってんです」

「そうさな」

浮世之介は、すっと空を見上げた。

上弦の月が、妖しげに輝いている。

「権助が受けたのと同じ痛み、味わってもらいやしょう」

「でも、相手は定町廻りでやすよ」

「悪党は悪党。誰だろうと関わりねえさ」

「あっしも手伝わせてくだせえ」

「そのつもりだよ。連《つ》いてきな」

「へい」

恐れがないと言えば嘘になる。

だが、荒ぶる気持ちのほうが勝っていた。

八

月は雲に隠れ、小糠《こぬか》雨が降ってきた。

袖を濡《ぬ》らした浮世之介は、車坂町の自身番ではなく、広徳寺の門前大路へやってきた。

横道に逸れた吹きだまりに、薄汚い居酒屋がある。

暖簾《のれん》を振りわけると、目の据わった酔客がひとり、床几《しょうぎ》の端に座っていた。

おしずの父、忠兵衛である。

「親爺《おやじ》、酒だ、酒をくれ」

いくら怒鳴っても、親爺は相手にしない。

それでも、しつこく酒を求めると、奥から濁声《だみごえ》が聞こえてきた。

「もう、帰《け》えってくれ。銭のねえ野郎に呑ませる酒はねえんだ」

「あんだと、この野郎」

忠兵衛は空徳利《からどつくり》の首をつかみ、土間に叩きつけた。

破片が散り、禿《は》げた親爺が飛びだしてくる。

「この糞爺《くそじじい》、出てけ、とっとと出てけ」

険悪な空気が流れるなか、浮世之介はつっと歩みより、親爺の手に一分金を握らせた。

「まああ、こいつで、とっつあんに呑ませてやってくれ」

その様子を傍で眺めながら、忠兵衛は媚《こ》びたような愛敬をこぼす。

「へへ、どなたか存じやせんが、ありがとうごぜえやす」

新しい徳利がはこばれてきた。

さっそく、浮世之介は徳利をつまむ。

一方、伝次は床几に片尻を引っかけ、ふたりの様子を窺った。

「ほら、呑みねえ」

「へへ」

忠兵衛は、浮世之介の酌で酒を呷《あお》った。

「ぷはあ、うめえ」

「落ちついたかい」

「へい、そりゃもう。ところで、旦那はどちらさんで」

浮世之介は鈴を取りだし、鼻先で鳴らしてみせた。

「ちりんちりんの町飛脚さ」

「はあ、そうでやんすか。で、町飛脚の旦那がどうして、老い耄《ぼ》れに酒を奢《おご》ってくださるんで」

「娘さんのことで、ちょいと聞きたいことがあってね」

「え、おしずのこと」

忠兵衛は身構えた。酔いが醒《さ》めたような顔になる。

「あんた、おしずの何が知りてえんだ」

「樽代《たる》さ」

「え、身請けしてえのか」

「したいとなったら、いくら出せばいいのか、そいつを知っておこうとおもってね」

「けっ、樽代なんぞ、あってねえようなもんさ。こっちが五十両と言えば、連中は倍の百両を吹っかけてきやがる。百両出すと言えば、こんどは二百両だ。そうやって、おれは毟《むし》りとられた」

忠兵衛は娘を地獄から救うべく、むかしの伝手《つて》を頼って金を借り、百足傷の弥平に何度か掛けあった。そのたびに、体よく騙《だま》され、金だけを吸いとられてきたのだ。

「おれはお人好《よ》しの莫迦《ばか》だった。世の中には、人の気持ちを平気で弄《もてあそ》ぶ悪党がいくらでもいる。そのことを知らなかったんだ。弥平の後ろにゃ、平田又八郎っていう不浄役人が控えている。おれたち父娘の骨の髄までしゃぶりつくすのが、やつらの魂胆なのさ」

「悪党どもをどうにかしてやると言ったら、とっつあん、どうするね」

「どうするもこうするも……そんなことが、できんのかい」

「やろうとおもえば、できねえことはねえさ」

「ほんとうか。ほんとうにそれができるってんなら、おらあ何だってやる」

「酒を断つこともできるかい」

「えっ、酒を」

「胸を患っているんだろう。少なくとも、病が治るまでは酒を断つ。そいつを約束できるかって聞いてんだ」

忠兵衛は頭を抱え、じっと考えこむ。

浮世之介は盃《さかずき》の酒を捨て、厳しい口振りで諭した。

「おまえさんは落ちぶれてからの数年、娘に迷惑ばかり掛けてきた。そうなんだろう」

「ああ、そうさ。おしずは昨晩も、さんざ痛めつけられて帰えってきた。やつらは顔を傷つけねえ。腹や足の裏を撲《なぐ》りつけるんだ。それでも、おしずは泣き言ひとつ口にしねえ。今宵も客を取らされている。なのに、父親はこのざまだ。こんちくしょうめ、おしずはおれにゃできすぎた娘さ。おれは死にてえ、死んで詫《わ》びてえんだ」

「なぜ、そうしない」

「おれが死んだら、おしずも死ぬ。それがわかっているからさ。どんな仕打ちにあわせられても、おれは娘に生きててほしい。だから、死ねねえ。死にたくても、死ぬことができねえんだよ……う、うう」

忠兵衛は皺《しわ》顔をゆがめ、嗚咽《おえつ》を漏らしはじめる。

浮世之介は震える肩に手を置き、優しいことばを掛けてやった。

「忠兵衛さんよ、それほど娘をおもっているんなら、酒を断つと約束してくれるよな」

「わかった、約束する。生き地獄から救いだしてもらえるんなら、金輪際、おれは酒をやめる」

忠兵衛の目に生気が戻ってきた。

これで、一歩も退《ひ》けなくなったぜ。

伝次は、武者震いを禁じ得なかった。

九

いつのまにか、雨は上がっていた。

朧月《おぼろづき》を背にしつつ、ふたりは車坂町の自身番に向かった。

浮世之介とは不思議な男だと、伝次はつくづくおもう。

少しも殺気を感じない。いつもどおり、ゆったりと袖を靡《なび》かせて歩いていく。

淡い月影を浴びた横顔は穏やかで、唇もとには笑みすら浮かべているのだ。

浮世之介は足を止め、暢気な口振りでつぶやいた。

「ちょいと、様子を窺ってきておくれ」

「合点で」

伝次は水玉の手拭《てぬぐ》いで頰被《ほおかぶ》りをきめこみ、音もなく自身番へ近づいた。

表の腰高障子は二枚の引違えで、一枚には「自身番」と、もう一枚には「車坂町」と筆太に書かれている。

短冊の柱行灯《あんどん》とは別に、内からも灯りが漏れていた。

引き戸を開ければ、玉砂利の敷かれた三尺張りだしの式台があり、上がり框の向こうは三畳の畳敷きだ。さらに、腰高障子で区切られた奥は窓無し板壁の三畳板間で、とらえた者を繋《つな》いでおくために、板壁の中央には鉄環《かなわ》が垂れさがっていた。

通常の自身番なら、家主と番太が最低でもふたり詰めているところだが、岡場所のなかにある番屋はそのかぎりではない。すべては、弥平の裁量にまかされている。

伝次は壁に張りついて聞き耳を立て、腰高障子の片隅に人差し指で穴をあけた。

内の様子を覗《のぞ》いて確かめ、抜き足差し足で戸際を離れる。

物陰に隠れた浮世之介のもとへ戻り、そっと囁《ささや》いた。

「弥平のやつは、ひとりでおりやす」

「そうかい」

百足傷の弥平は灯《ひ》ともしごろから番屋に詰め、誰も寄せつけない。夜更けになって神輿《みこし》をあげ、切見世を巡って、みずから稼ぎを集めてまわる。猜疑《さいぎ》心が強すぎるのか、一から十まで自分でやらねば気が済まない。集めた稼ぎを番屋に持ちかえり、鐚銭《びたせん》一枚まで勘定するのが好きらしかった。

一方、平田又八郎は闇が深まってから、いつも微酔《ほろよ》い加減であらわれる。弥平から稼ぎの上前をはね、明け方まで馴染みの遊女屋を渡り歩くのだ。汗水垂らして稼ぎを得る善良な庶民にとってみれば、壁蝨《だに》にしか映らない。この世から消えてほしいと願う者も、ひとりやふたりではなかった。

「そろりと行こうか」

浮世之介も伝次をまねて、水玉の手拭いで頬被りをしてみせた。ついでに派手な着物を脱ぎ、ふわりと裏地を表に返して着直す。ところが、真紅の裏地は表よりも目立ち、裏に返した意味がない。

「ま、いいさ」

はにかんだように笑い、浮世之介は大股で歩みだした。

伝次は小判鮫《ざめ》よろしく、背中にぴったりくっついてゆく。

浮世之介はためらいもみせずに、すっと引き戸を開けた。

畳で一杯呑んでいた弥平が、盃を掲げた恰好《かっこう》で固まった。

「な、なんでえ、てめえら」

頬の傷がひくつき、盃が手から転げおちる。

弥平が懐中に手を突っこむのと同時に、浮世之介は蛙《かえる》跳びに跳びあがった。

「うわっ」

十手を引きぬく暇もない。

浮世之介は片足を伸ばし、真正面から弥平の顔面を蹴りつける。

「ぬひぇっ」

弥平は柱に頭を打ち、気を失った。

「すげえ、蹴り一発で仕留めやがった」

伝次は呆然《ぼうぜん》と立ちつくした。

弥平の顔には、鉄下駄の歯跡がふたつ、くっきりとのこっている。

浮世之介は素十手を拾い、腰帯に差した。

「こいつに猿轡《さるぐつわ》を咬《か》ませて、奥の板間に転がしときな」

「へ、へい」

伝次は、言われたとおりにする。

自身番に押し入り、御用聞きを痛めつけてしまった。

とんでもないことをしでかしたというのに、焦りも後悔もわいてこない。

浮世之介の平然とした顔を眺めていると、あたりまえのことをやったにすぎないとおもえてくるから不思議だ。

が、つぎは、こう簡単にはゆくまい。

なにせ相手は定町廻り、痩せても枯れても二本差しだ。

浮世之介は自身番のなかに居残り、伝次は外から様子を窺うことにした。

一刻ほどのあいだに、乾分《こぶん》ふたりがあらわれたが、異変に気づいた様子もなく、すぐに居なくなった。

亥刻《いのこく》近くになり、いよいよ真打ちがあらわれた。

浮かれ調子で端唄《はうた》を口ずさみ、四つ辻を曲がってくる。

伝次はすかさず、握っていた小石を障子戸に投げつけた。

小石は障子を突きやぶり、板間に転がったはずだ。

平田は気づいていない。

警戒もせずに歩みより、勢い良く引き戸を開けた。

「弥平、おれさまが来たぞ」

砂利石を踏む音とともに、おっと驚きの声が漏れる。

伝次は固唾《かたず》を呑んだ。

物陰から躍りだし、開け放たれた表口に迫る。

浮世之介はとみれば、頬被りに真紅の裏地を纏ったまま、衝立《ついたて》の向こうに正座していた。

「この野郎、何してやがる」

平田は怒り、十手ではなく、刀を抜いた。

同心に似合わぬ腰反りの強い長尺刀だ。

浮世之介は動じない。

「おめえさんは、わるさがすぎる。十手を返上したほうがいい」

「けっ、てめえは説教強盗か」

平田は八相から上段に構えなおし、爪先をじりっと躙《にじ》りよせた。

「自身番に押しこむたあ太え野郎だ。この場で成敗してやる」

「鉈《なた》割りにする気かい。やってみな」

浮世之介が頭を差しだすや、

「くりゃ……っ」

凄《すさ》まじい気合いが発せられた。

白刃が唸《うな》り、真っ向から振りおろされる。

やられた。

伝次は目を瞑《つむ》った。

刹那《せつな》、激しい火花が散り、白刃がびんと弾かれた。

「ぐえほっ」

平田は独楽《こま》のように回転し、横壁に頭を打ちつける。

壁に突きささった白刃が、ぷるぷる震えていた。

「や、やった」

浮世之介の両手には、鉄下駄が握られている。

右の鉄下駄で白刃を受け、左でこれを弾くや、間髪を容れず、右で相手の頬桁《ほおげた》を撲りつけたのだ。

「一発でのしちまった」

平田は白目を剥《む》き、口から泡まで吹いている。

死んではいないが、当面は覚醒しそうにない。

「やっぱし、白刃は恐《こえ》えな」

浮世之介は漏らし、こきっと首を鳴らす。

「そいつもふん縛って、奥へ放りこんでおこうか」

「承知しやした。でも親方、こいつら、生かしておいてもいいんですかい」

「おいおい、人殺しは天下の御法度だぞ。死なせやしねえさ。考えようによっちゃ、生きることは死ぬことよりも辛《つれ》え。虐げられて生きる者の辛さを、少しは味わってもらわねえことにゃあな」

浮世之介は玉砂利のうえに屈《かが》み、平田の腰帯から朱房の十手を引きぬいた。

悪党ふたりは雁字搦《がんじがら》めに縛られ、猿轡を塡《は》められ、奥の板間に繋がれた。

しばらくのち、ふたりは激痛のせいで目を醒ました。

枯木も同然に、利き腕を折られたのだ。

猿轡を咬まされているので、助けを呼ぶこともできない。

空が白々と明けても、月代に膏汗《あぶらあせ》を滲《にじ》ませ、苦痛に耐えつづけるしかなかった。

伝次にはひとつ、聞いてみたいことがあった。

「親方」

「ん、どうした」

「二年前、権助はおしずに優しいことばを掛けてもらい、惚れちまったと聞きやした。

いってえ、どんなことばを掛けてもらったんでしょうかね」

「なあに、ありがとうのひとことさ」

よほど気持ちが籠もっていたのだろう。

権助は生まれてはじめて、他人に感謝された。誰かの役に立ったというおもいが、相手を恋い焦がれる気持ちに変わったのだ。

「権助は見掛けに惚れたんじゃねえ。おしずの気持ちに惚れたのさ」

浮世之介の言うとおりであろう。

伝次はなぜか、誇らしい気分にさせられた。

十

その日の朝、日本橋の高札場周辺は、たいへんな騒ぎとなった。

簡易な獄門台が設けられ、人の首ではなく、馬糞がふたつ並べられていたのだ。

馬糞には二本の十手が墓標のように突きたてられ、ご丁寧にも、持ち主の名札まで掛けてあった。

悪ふざけにしては、手が込んでいる。

これほど、お上を愚弄する行為もあるまい。

やった側の罪が問われるのは当然だが、十手を奪われた側の落ち度も見過ごすことはできなかった。役目怠慢とされ、御役御免の沙汰《さた》が下るのはあたりまえのこと、さらに重い罰が科せられる公算も大きい。

いずれにしろ、平田又八郎と百足傷の弥平が二度と十手に触れることはあるまい。

ふたりに虐められてきた者たちは、胸の裡で快哉《かいさい》を叫んだにちがいなかった。

数日後。

伝次は三枚目の恋文を携え、広徳寺門前の裏長屋を訪れた。

はたして、権助の恋情《おもい》は通じるのかどうか。

自分のことのように案じている。

「やることはやった。あとは天命を待つのみだ」

おそらく、これが最後の機会になるだろう。

そんな予感がする。

長屋の木戸口には、忠兵衛が済まなそうな顔で立っていた。

「とっつあんか、ずいぶん顔色が良くなったじゃねえか」

「おかげさんで、あれから一滴も呑んでおりやせん」

「そいつは殊勝な心懸けだ」

「おしずが待っておりやす。行ってやっておくんなせえ」

「ああ、わかってるよ」

伝次はふうっと溜息を吐き、長屋の奥へ歩をすすめた。

部屋の引き戸は開いている。

気軽な調子を装い、ひょいと敷居をまたいだ。

「また来たぜ」

おしずは、上がり端のそばで正座していた。

「お待ちしておりました。事情は兎屋の親方からお聞きしております」

「そうかい、聞いちまったのか」

「はい。じつは、これをお返し願えないかとおもい、伝次さんにわざわざお越しいただいたのです」

おしずはうやうやしく、紺土佐《こんどさ》の厚紙で包んだ金を差しだした。

「一両と二分ござります。丸二年ものあいだ、毎月欠かさず同じ日に、一朱金がこの長屋に届けられました。届け主はどなたかもわかりません。当初は不審におもいましたが、そのうちに馴れてくると、ちりんちりんの飛脚屋さんを心待ちにするようになりました」

「ちりんちりんの飛脚屋」

「お金を届けてくれるのが、兎屋さんの若い衆だったのです。そのことを親方に打ち明けてみますと、お金の届け主がようやくわかりました」

「まさか……権助のやつが」

「その、まさかでございます。どうか、そちらさまに、このお金をお返しください」

「逢ってひとこと、礼も言いたくねえ。そういうことかい」

「いいえ。そのお方はおそらく、わたしどもがお金に困っているとお察しなされ、だいじな稼ぎの一部を恵んでくだすったのでしょう。春を売って生活《たつき》を立てる身にとって、お気持ちがどれだけ嬉《うれ》しかったことか。でも、わたしは汚れた女です。そのお方のお気持ちには応じられません」

「そういうことなら、ま、仕方ねえか。でもな、おしずさんよ、この文だけは読んでくんねえか。これまでの二枚とはちがう。あの野郎が病床で必死に綴った文なんだ」

「え、あのお方が」

おしずは震える手で文を受けとり、両手で拝むように開いた。

長い文面ではない。

——嫁になってほしい。

とだけ書いてある。

潤んだ瞳が、何度も同じ字を追った。

おしずの口がへの字にゆがみ、大粒の涙が零《こぼ》れてくる。

涙で滲んだ字は下手くそな字だが、一字一字に込められた気持ちは本物だ。

「別に急ぐはなしじゃねえ。なにしろ、あの野郎は二年越しで、おめえさんのこたえを待っていたんだかんな。今日のところは、金を預かっていかねえよ。ま、気が向いたら、見舞いにでも行ってやってくれ」

伝次は、ひょいと尻をからげた。

「ほんじゃ、またな」

おしずは文を胸に抱きしめ、おいおい泣きはじめる。

祝儀の五十両を権助に手渡す日も近い。

伝次は洟水《はなみず》を啜《すす》りあげ、どぶ板のうえを駆けぬけた。

木戸口では、目を真っ赤にした忠兵衛が頭《こうべ》を垂れている。

「てやんでえ」

伝次は木戸を抜けると、振りむきもせずに走った。

車坂町門の手前を左に折れ、山下の広小路を突っきる。

寛永寺《かんえいじ》の仁王門を背にして走り、池之端をぐるりと巡っていく。

無縁坂下で足を止めると、娘の声が聞こえてきた。

「ねえ、おっかさん、あんなところに牡丹が咲いているよ」

声につられて目を向ければ、池畔に大輪の紅い花が咲いている。

「牡丹じゃない。あれは芍薬《しやくやく》だよ」

大店のお内儀然とした上品な母親が微笑《ほほえ》み、こちらに気づいて会釈する。

伝次も慌てて、お辞儀をしてみせた。
十三、四の娘は母親のそばで、不思議そうな顔をしている。
なるほど、牡丹の盛りは逃したものの、口惜《くちお》しい気はしない。

柳並木に沿って歩きだすと、猪亭のある方角から、艶っぽい端唄が聞こえてきた。

「へへ、浮世雲め」

皐月《さつき》晴れの蒼穹《あおぞら》には、雲がぽっかり浮かんでいる。

伝次は満面の笑みをつくり、尻端折《しりつぱしよ》りで駆けだした。

本書のプロフィール

本書は、二〇〇八年三月に徳間文庫から刊行された『影聞き浮世雲　月踊り』を、改題・改稿して文庫化したものです。

小学館文庫

人情江戸飛脚《にんじょうえどびきゃく》　月踊《つきおど》り

著者　坂岡《さかおか》　真《しん》

二〇二二年二月九日　　初版第一刷発行

発行人　石川和男
発行所　株式会社 小学館
〒一〇一-八〇〇一
東京都千代田区一ツ橋二-三-一
電話　編集〇三-三二三〇-五九五九
　　　販売〇三-五二八一-三五五五
印刷所――――中央精版印刷株式会社

ISBN978-4-09-407118-4